JOE

JOE

4ª EDIÇÃO

ANDRÉ CANCIAN

Edição do autor
André Cancian (c) 2009

Em memória de meu irmão Fernando

SUMÁRIO

PREFÁCIO

Este livro, minha primeira investida na área de ficção, gira em torno de um personagem chamado Joe. Apesar de ser um romance, o foco da história não são fatos ou acontecimentos, tampouco o personagem enquanto ser humano de carne e osso. Tentei uma abordagem um pouco diferente nesse sentido.

A ideia que animou a produção desta obra foi ilustrar, não em teoria, mas no contexto da vida prática, toda aquela perplexidade que se apodera de nós quando voltamos nossos olhares ao mundo numa perspectiva, por assim dizer, "existencialista", e nos vemos tomados pela sensação do absurdo que é existir.

Como o personagem vive imerso em tais devaneios, sua vida prática passa a ser um elemento predominantemente secundário, como um sonho distante cuja única utilidade é fornecer material ao seu pensamento. A vida converte-se assim em pano de fundo, e o personagem passa seus dias absorto em elucubrações e teorizações sobre a vida — que para ele é um enfadonho encadeamento de banalidades.

Como o romance Joe consiste basicamente na história de uma teorização da vida prática, seria justo dizer que a obra se aproxima mais de uma dissertação filosófica que de uma obra propriamente literária, sendo a trama de eventos "reais" do livro, não sua essência, mas apenas uma estrutura de fundo, feita para servir de contexto às reflexões do personagem, que seriam o mais importante da obra.

Encarnando essa proposta, temos então Joe, um personagem essencialmente solitário e mal humorado, que odeia interações humanas, e cujos traços mais proeminentes são o sarcasmo, o cinismo e a apatia. Sua vida é basicamente uma sequência de eventos aleatórios, destituídos de significado, em que ele se vê acontecer inutilmente numa atmosfera de tédio e misantropia.

André Cancian
2009

JOE

Precisava de alguns sonhos,
mesmo que fossem idiotas

JOE

[A. Você tem horas?]

Sim, mas ninguém gostaria delas. Toda vez que retrocedo, vejo o passado se insinuando em meu presente como se tivesse o direito de ser futuro. Que petulância há na felicidade plagiada dos clichês com que a memória se apresenta, sua maquiagem de horizonte e um sorriso falso com dentes emprestados da esperança, a mesma com que o futuro se pavoneia em nossos devaneios para merecer um passo. Mas não é conveniente me delongar, e foi mais um passo, informar à sombra humana que se apresentava diante de mim uma reprodução verbal dos dados que o relógio apontava. Uma convenção muito interessante, penso. A vibração de um cristal, um grilhão antenado nas correntes; ambas as definições são dignas de algum apreço. Estendi o braço ao alcance da visão daquele vulto. Preferi assim. Há muitas chances de a comunicação não vir a ser eficiente se a contaminar com arredondamentos que facilitam a dicção; ao mesmo tempo, cria uma atmosfera formal em que não há muita margem para se dizer algo além de uma futilidade fática de despedida, o que me levou a reconsiderar o que estava a fazer na esquina da praça numa hora em que se dorme. De fato, não fazia nada no sentido em que se move sua carcaça para uma direção particular, a serviço e na promessa de uma performance aos diretores de minha comédia, que consiste em mover as pernas e os braços em direções aleatórias, que têm valor porque o *script* lhes dá uma finalidade lucrativa; ou seja, não fazia nada lá, pelo menos nada que interessaria a um piolho. Acendi um cigarro contra o vento num gesto viciado de quem tem todo o tempo a perder e não perde nenhum. Um caminhão de frutas não é algo raro, mas três significam algo. Uma feira onde se compram frutos de trabalho não-alienado. Segui o cheiro de azedume das frutas podres que sempre ficam por debaixo. Bati a cinza do cigarro e não vi — o caminhão que estava prestes a derramar sua carga. Foi estranha a sensação de ser soterrado de pedras coloridas para a nova calçada; isso certamente não estava em meus planos; esbocei um sorriso pelo fim ser tão impensado. Mas todo sonho acaba no pesadelo da vida. Um ruído repetitivo e incômodo de gotas me acordou. Alguém visivelmente preocupado com meu estado esboçava felicidade em ver meus olhos abertos, como se tivesse planos para eles. Não o culpei por sua tolice. Presumivelmente, só queria se ajudar imaginando o que seria me ajudar, o que me colocava numa posição proveitosa, com um empregado voluntário a meu serviço por alguma abstração moral que provavelmente o fazia bem, mas incluía algumas restrições que não me seriam muito bem-vindas. Então tive de me lembrar dos sintomas que deveria descrever ao tipo de indivíduo limitado por escrúpulos morais. Mostrei meus dentes e apertei o peito — muita dor física. Dores psicológicas os fariam ocupar minha consciência com explicações e consolos nos quais nem eles próprios acreditam. Isso imediatamente despertou uma reação no indivíduo, que acrescentou ao soro o efeito que desejava. Dormi pensando em como sou idiota. Acordei entediado. Simulei mais dor. Estava ficando divertido — ganhar sedativos nunca faz mal. Despertei mais tarde, e não ouvi barulhos ou ruídos de humanos atrás de detalhes que os fariam rir se tivessem algum senso de humor ou de realidade. Liguei a televisão. Havia um homem frenético dizendo que deveria me arrepender e seguir os passos de um *pop star*, mas decidi seguir ao próximo canal. Vendas: compre agora ou não será feliz. Se ouvisse algo do gênero pessoalmente, pensaria estar num manicômio, mas, ao contrário de pessoas felizes, aparelhos eletrônicos calam a boca facilmente. Pensei em ler; parecia improvável encontrar algo naquela hora, mas, quando alguém quer ler, até os zumbis da noite se mostram prestativos, presumivelmente por toda a lavagem cerebral que sofreram com propagandas educacionais de incentivo à leitura; ou foi o que usei para justificar minha decisão. Ainda não estava lúcido, mas o marasmo rondava pelas janelas e pelas sombras, e adivinhava que não tardaria muito em me visitar. Desci da cama. Isso me lembrou de que a gravidade é eficiente. Fiz uma inesperada doação de sangue ao chão, e o custo foi um nariz quebrado. Como não senti dor, tudo bem. Ninguém estava vendo, e não me incomodariam se não estancasse o sangue. Amanhã alguém limpará. Levantei somente o peito do chão. Desisti e me lembrei novamente da palavra de sabedoria que há muito havia encontrado abrigo em meu cérebro: sou um idiota. Nenhuma criança ganha doces sem que haja algo amargo sendo ocultado — do contrário apressariam sua recuperação e a colocariam novamente na enxada. Pensei que, se isso acontecesse um dia, viria me atormentar um terrível sentimento de impotência. Como quase tudo o que pensei por antecipação, estava errado. Mais um daqueles sonhos de intensidade que imaginava poder viver, e não podia, nem na desgraça. Desconfiei que havia algo de errado com a pintura do armário;

depois de algum tempo fitando-o, nota-se: ele era envernizado, originalmente feito para a mobília de salas, coberto por uma camada vagabunda de tinta sintética branca. Concluí isso porque não tinha nada melhor para fazer, e levemente sedado pensa-se em tais detalhes. Tudo sempre é mais simples que belo. A fonte de minha angústia havia se encontrado com uma situação ao menos aprazível. Tornara-me um inválido físico — um paraplégico; algo que realmente alimentava minhas elucubrações de solidão. Como se aquelas pedras houvessem quebrado minha metade engrenagem. Uma metáfora sempre deixa as coisas claras. Meu desejo de desaparecer ou de me enfiar em um canto da existência onde o farol do enfado não me ofuscasse foi acalmado pelas novas possibilidades. De agora em diante, não seria somente um homem, seria um parasita — e teria orgulho disso, caso houvesse sido um plano. Esperei, ansioso, pelo dia de sair. Ocupei meu tempo aprendendo a manejar minha cadeira e perambulando pela sala de leitura; quanta inutilidade espremida num lugar tão grande; até um saco de vômitos contribuiria para elevar o nível. Recebi alguns papéis notificando as condolências oficiais da empresa que sugou minha vida por anos e a sua disposição de oferecer uma pensão por tê-la servido tão fielmente. Eram homens de honra, afinal; essa mentira vende bem. Depois do período de adaptação física e de ler todas as instruções sobre como ser um inútil conformado, fui considerado apto a empurrar minhas rodinhas livremente pela sociedade. Teria alta desse azucrim. Fiz uma ligação, notificando meus parentes e conhecidos que poderiam me visitar amanhã. Aguardei algumas horas e um táxi me buscou. Apesar de toda a nauseante autoajuda que tive de ler na reabilitação, havia afinal alguma informação útil naquela sala de leitura: uma lista telefônica. Escolhi alugar um apartamento em um condomínio dentro do perímetro urbano. Gostaria de algo no segundo ou terceiro andar, mas não havia elevadores. Também seria difícil ver o que havia por perto; meus olhos não teriam altura suficiente, e olhar o horizonte não seria um começo promissor para um eremita aleijado. Mas vi algo que interessou minha imaginação: uma papelaria. Comprei um bloco de notas, um lápis, uma borracha, uma caneta, purpurina prateada e um pouco de linha. O caixa me encarou com uma compaixão irritante, comovido pela minha aparente deficiência também mental, provavelmente devido aos meus resmungos lacônicos. Perguntou se era artista plástico ou escritor. Não parecia enxergar um palmo além da migalha que encerrava entre os ouvidos. Disse que era apenas terapia ocupacional — deixá-lo irritado era uma bondade na qual não estava interessado. Finalmente encarnou o espírito do bom senso e fez sua lição matemática, entregando-me o troco. Saí com o mau humor alimentado e esqueci o que ia lhe perguntar. Passei por um açougue e comprei um pouco de carne; estava em promoção, provavelmente também em decomposição. Como havia uma churrasqueira no condomínio, ao menos meu jantar estaria garantido, e com isso meu sono. Um cão sarnento que estava na porta do açougue olhou-me fixamente. Eu queria alguma companhia para pensar; joguei-lhe um corte e ele se mostrou afeiçoado. Cães não são os melhores amigos do homem, apenas cobram menos pelo aluguel. Parei, é claro, diante da paisagem que vi. Uma oficina para máquinas humanas; as de decoração clara parecem santuários. Entrei e disse que meu cão estava com defeito — precisava curar sua sarna. Como o atendente parecia constrangido com minha petulância de entrar com um cão doente na farmácia, peguei uma caixa de remédio da prateleira e perguntei o preço. Era caro, mas comprei; também um pouco de fungicida e analgésicos a gosto. Finalizei a compra do dia com um pacote de cigarros e outro de fósforos; gosto do cheiro de sua fumaça. Chegando ao condomínio, informaram-me que não era permitido adentrar com o animal; mas indaguei como poderia proceder em meu dia a dia sem meu cão adestrado, aconselhado pelo médico por viver sozinho. Pareceram satisfeitos com a explicação; provavelmente só queriam uma desculpa caso algum condômino reclamasse; um finge que manda, o outro finge que obedece; é sempre assim. Parei para relaxar; estava cansado; os olhares eram todos diferentes; meus braços mereciam um troféu por fazerem tanto com aquela linha muscular que os sustentava. Teria de me acostumar.

I

Primeiro dia depois da morte de meus sonhos; progressos notáveis. Estava começando a apreciar a vida. Acendi a churrasqueira, joguei as carnes e fiquei olhando as brasas enquanto pensava se tudo daria certo. Seria mais difícil que o normal; muitas coisas básicas faltavam; nunca havia me defrontado com aquele tipo de situação, mas achei que era possível. Ao final do jantar, cheguei à conclusão de que a carne realmente era boa; não estavam me enganando. Abri os pacotes, peguei cinco cigarros para fumar na piscina, antes de dormir. Parecia deserta; como nenhum urubu incomodou-me durante a refeição, presumi que não me incomodariam na piscina. Subestimei a estupidez noctívaga. Uma velha decidiu vingar sua insônia em mim, descarregando filantropia ao conduzir-me para longe da piscina, alegando que poderia cair e morrer afogado. Gentileza da vizinhança. Retribuí com um sorriso sardônico e agradeci a atenção. Fui até meu quarto para prestar alguma atenção no que ia dormir. Um armário velho, uma mesa velha e uma cama velha. Coloquei os pacotes na mesa; abri-os e organizei tudo como gostava: o lápis e a caneta à direita, a borracha à esquerda, o bloco de notas ao centro, e o restante acima do bloco, até ser usado ou ter outro local mais apropriado. Era um vício ser tão detalhista, mas as coisas funcionam melhor assim. Fui dormir. Sonhei que ainda trabalhava, um dia antes de me aposentar, com muitos planos para os dias que me restavam. Isso me acompanhava desde que ingressei na vida profissional. Pensar em passar por ela, e pensar no que faria depois, depois.

II

Segundo dia depois da morte de meus sonhos. Acordei com um maldito cheiro de excremento irritando-me o olfato. Realmente ótima a ideia de deixá-lo dormir dentro do quarto. Aprontei minha barba, fumei um cigarro. Parecia que um rato havia dormido em minha boca; o hálito realmente estava podre. Fui ao banheiro e joguei água nos olhos. Li as informações que constavam nas embalagens e calculei quais seriam as proporções adequadas para o caso. Coloquei o remédio de sarna, o fungicida e a purpurina no cão; isso nunca levanta suspeitas, mas é altamente explosivo. Escrevi meu nome nele com a caneta. Não ficou bonito, mas o tornava identificável. Improvisei uma coleira com o resto da linha e parti para o meu segundo dia. Fui até o açougue e comprei mais carne. Alimentei o cão, que estava ficando mimado; para mim, café e uma fatia de bolo. Desci algumas quadras, comprei um chapéu bonito que vi na vitrine de uma loja de calçados. Realmente estava com certo estilo em minhas manobras de paraplégico, e o chapéu as deixou ainda mais elegantes. Fui até o ponto de táxi, despedi-me e abracei meu amigo canino de modo precisamente caloroso — ficou exasperado, mas quem daria atenção a um cão sarnento ganindo. Calculei que a essa hora meus conhecidos já haviam passado pelo hospital, com explicações e consolos nos quais nem eles próprios acreditam. Pedi ao taxista que me trouxesse até aqui. A caminho, pude ouvir um som grave e abafado, e imaginei as vísceras do animal espirrando nas vitrines. Acho que entenderão. Uma metáfora sempre deixa as coisas claras. Até a rodoviária, foi rápido; voltar também. Não tinha nada a fazer por lá, seja qual fosse meu destino; não precisava viajar, já que todo lugar é o mesmo lixo uniformemente insípido. Devia ser alguma besteira sussurrada pelos comerciais de turismo que havia se afixado em meu cérebro sem consentimento. Estava apreensivo pelo fato de o acaso ter apagado a linha que me conduzia ao féretro de modo previsível e socialmente aceitável, e como suicida homeopático não conseguia configurar uma liberdade compatível com escolhas. Mas não queria fugir. Decidi reescrever o fim de minha patetice. Nunca me senti incomodado por estar em lugares pequenos, mas nesse momento os pregos que sustentavam a tela em que a vida se projeta afrouxaram-se; o passado e o futuro se contraíram num único ponto — e eu, sendo a besta animada em cena, resolvi pular fora da tela antes que não pudesse mais respirar. Rotina sem veneno não era minha ideia. Perguntava-me por que tudo deveria fazer sentido. Nada precisa ter sentido; por isso, tão rapidamente quanto inventaram os aceleradores, também inventaram seus breques, suas direções, suas marchas, e depois que quem ficava lá em cima dando ordens era o chefe, a abstração de olhos ofuscantes que deixa os homens deprimidos e os filósofos sem resposta; a mesma que deixa crianças inquietas quando exterminam o último chefe do jogo; a tela preta, às vezes mal interpretada como falta de imaginação dos programadores, pela qual se empenhavam tanto tempo em descobrir a charada do jogo, apenas para depois se quedarem insatisfeitas nos balcões esperando a revista com os novos lançamentos. Lá estava eu, colocado à parte da manada antes do tempo. Não me restava muito a fazer, senão ensinar-me as notas da minha música. Excetuando-se o detalhe de que nunca me ensinaram a compor, era tudo o que precisava, ou o que deveria precisar caso não precisasse de nada e me faltasse a criatividade dos projetistas de entretenimento. As essências do além-mundo provavelmente também se espicham nesse ponto para encobrir a escuridão, mas não eram muito eficientes em me cativar desde que me conheço, mas nem por isso perderia meu tempo atacando o ganha-pão dos teólogos. A única mão que se estendia à minha esperança estava algemada ao resto de sanidade que consegui conservar ao longo dos anos automáticos regrados pelo despertador. Precisava de alguns sonhos, mesmo que fossem idiotas; sem esse tipo de mentira, o tédio também seria triste — mais ainda. Uma vida sem veneno com ambos esses elementos aliados resultaria em suicídio por parte de qualquer pessoa sã. O problema não é a falta de ocupação, mas a falta de paixão que redecora tudo em tons acinzentados; o desapontamento, a desesperança em qualquer meta. Depois de toda mentira haver falhado como desculpa, a pior hora é aquela mais distante do sono. Nosso acaso corre junto com o tempo, rindo da desgraça alheia para desviar a atenção da nossa, até percebermos que ambas são um plágio, uma lorota infeliz que cada um conta a si mesmo e se desculpa de sua estupidez na dos outros. Essa insistência na imbecilidade tem salvo muitos sonhos e esperanças de um fim prematuro — conserva o aborto vivo por tempo suficiente para que suas vísceras se desfaçam antes que o caminho pelo qual pensa estar construindo algum futuro enquanto chafurda no marasmo da mesmice anestésica se mostre ainda mais imbecil. Dificilmente alguém apresentaria uma justificativa intelectualmente respeitável para acordar mais um dia. Os pontos de vista inspirados pela minha miséria são tão imbecis quanto os inspirados pela felicidade ou qualquer outra sorte de configuração fisiológica — eles persuadem nossa vaidade a defendê-los com a pretensão de representá-los e falar em seu nome. As expressões artísticas advindas do estado depressivo parecem muito mais ricas e sofisticadas; quando a tristeza é *sine qua non*, claro que será mais profunda; e quando a felicidade é a razão de ser, o que não é, não importa. Há mais profundezas na melancolia porque esse é o meu modo de ser. É assim que se pensa para a vida, para a morte — pensamentos que sempre giram ao redor de umbigos. A morte é a verdade da tristeza e a da vida, a felicidade. Há mais respostas numa bula que em qualquer biblioteca, e mais fatos também.

[A. Taxista, para a farmácia, por favor! Parece que meu umbigo está fora do lugar!]

* * *

Primeiro fim

Comprei algumas substâncias que me ajudassem a dormir; passei as coordenadas para o condomínio. A caminho, pouco antes de chegar, vi um vendedor de goiabas; saltei lá mesmo. Perguntou-me se queria comprar, mas permaneci calado somente para ver qual seria sua reação. Ficou olhando-me, impaciente; aguardou que tomasse a iniciativa de falar alguma coisa, visivelmente constrangido, talvez com receio de ser grosseiro com um aleijado que poderia muito bem ter um advogado pronto para processá-lo por qualquer banalidade.

[A. Qual é o preço da dúzia?]
[B. Das vermelhas ou das brancas?]
[A. Das que não estão podres.]
[B. Não tenho dessas; e se as tivesse, guardaria para mim.]

[A. Por quê?]

[B. Porque não como vermes.]

[A. Comporta-se como um.]

[B. Está explicado, então. Algo mais?]

[A. O senhor sabe qual é o sentido da vida?]

[B. Vender goiabas.]

[A. O sentido da vida como um todo, digo.]

[B. Comprar as minhas goiabas.]

[A. Estou diante do centro do universo, presumo.]

[B. Se quer goiabas, sim.]

[A. Gostei da resposta. Dê-me uma dúzia.]

Estavam quase todas podres, realmente, mas nem todas. Comi algumas e joguei as restantes nos transeuntes que seriam previsivelmente inofensivos, somente para vê-los gesticular com os restos de goiaba nas mãos enquanto esbravejavam. Coisas simples da vida. Foi um dia cansativo, mas consegui dormir com a ajuda dos remédios. O efeito foi rápido; nem tive tempo de pensar que sou idiota.

III

"Acorde, Joe; você está atrasado para o trabalho", disse-me o relógio. Levantei, escovei os dentes, tomei café e desmenti-o demoradamente, disposto a continuar devaneando banalidades pelo resto do dia, o **terceiro** depois da morte de meus sonhos. Bom demais para durar muito tempo. Olhava os raios que sustentam a circunferência das rodas de minha cadeira, em seu desenho simples e notável, capaz de suportar toda uma massa

24

de carne defeituosa com tensões aplicadas em pontos específicos da estrutura. Pensava nisso como quem encontrou o segredo do universo. Como disse, não durou muito. Começou a latir um cão numa casa do outro lado da rua. O ângulo em que estão dispostos os reforços é latido; a circunferência metálica é latido; a borracha negra que a envolve é latido. Que inferno. Como adoraria ter poderes paranormais numa hora dessas — explodiria a cabeça desse animal com a maior boa vontade. Sou uma vítima da vida, e isso aceito; mas vítima de cães, tenha dó; não ficará por isso mesmo; vingarei a morte de meus pensamentos sobre os raios de minha cadeira de rodas. Fui até o supermercado a contragosto, como quem precisa atravessar um inferno para alcançar outro inferno um pouco menos patético; contudo, valerá a pena; é um investimento de longo prazo. Vi aquela longa sucessão de prateleiras cheias de coisas inúteis, como um exército de desnecessidades em prontidão, esperando um olhar curioso para invadir minha vida. Pregos sem cabeça como as pessoas que os compram, conectores de mangueiras de jardim de felicidade vegetal, leite desnatado para quem deseja sofrer além do necessário, maquiagem para quem nasceu com defeito, pastilhas contra mau hálito, doces para quem é feliz mastigando, livros de autoajuda para deixar de pensar, bebidas para competições de vômito entre adolescentes; é uma infinidade de sentidos-da-vida sorrindo para nós por um precinho camarada. O meu estava numa prateleira alta demais para alcançar. Que destino cruel o meu, o de um dia depender de um mongoloide qualquer para pegar uma caixa de veneno para ratos. Mas, pensando bem, essa dependência é só boa educação. Não dependerei. Tive uma ideia genial, como quem vê uma luz no fim do corredor. Fui até a seção de frutas e legumes, enchi uma sacola com cebolas e voltei ao corredor; arremessei-as até conseguir derrubar um pote de veneno sobre mim. Soluções práticas para problemas práticos. Depender de outros seres humanos seria uma perda de tempo; é possível que até esse favor ridículo os fizesse pensar que estou interessado em amizade. Essa gente sem noção de realidade, que não consegue contar até cinco sem sorrir de satisfação. Cumprida a missão inicial, fui até o açougue do supermercado; pedi um corte gordo de picanha; metade para mim, metade para o cão. Missão segunda cumprida. Numa missão paralela, peguei um frasco de *shampoo* e um pacote de barbeadores descartáveis para acabar com essa coceira na cabeça e com essa barba malfeita que me deixa com cara de mendigo voluntário. Não tinha planos de comprar mais nada, mas vi um chapéu interessante numa prateleira meio escondida; coloquei-o na cabeça e gostei; senti-me o seu dono por direito; agora é meu. Fui até a missão final, enfrentar a fila do caixa. Não há palavras que descrevam meu horror. Vamos adiante, "o fim é nobre", disse, enganando-me. Como uma peça de *Lego* social, encaixei-me em um ângulo perfeito, investindo todo o meu ser na plenitude daquele encadeamento humano, como quem encontra na contemplação da linearidade da fila uma estética que conduz para fora do inferno em que me enfiei voluntariamente. Mesmo assim, estava na extremidade mais desprezível da existência supermercante, o ponto mais desvalorizado do estabelecimento, o miserável e vergonhoso fim da fila. Senti todo o peso da existência. Passado o tempo desnecessariamente longo que toda fila leva, chegou a minha vez de trocar dinheiro por paz. Notei que nesse supermercado tudo é calculado automaticamente, os trocos e tudo; um notável sinal de sensatez por parte dos proprietários do estabelecimento; tecnologia substitui a maioria dos cérebros. O caixa colocou meus produtos numa sacola plástica, menos o veneno, que colocou noutra, como se houvesse a possibilidade real de um duro pote de veneno quebrar-se, e o invólucro interior romper-se também, contaminando a carne que está envolta por outro plástico que, de algum modo, se rasgará também, numa conspiração universal de acasos com intenções boçais. Depois disso, sem notar nada, poderia ainda comer a carne e morrer. Haja demência; o que poderia dizer?

[A. Ponha tudo num saco só e me dê logo essas porcarias; guarde sua gentileza para reconciliar-se com seu cérebro.]

Fui embora como quem foge de um hospício. Estava quase chegando à porta quando me abordou uma assistente-de-caixa-demente, correndo com uma moeda de cinco centavos na mão, aflita para devolver o troco; meu coração ficou do tamanho de um grão de mostarda; depois dizem que a vida vale a pena. Disse que podia ficar com o troco, que o guardasse para algum investimento futuro, como trocar de ferradura, por exemplo. Um dia acabarei perdendo a paciência com essa gente metida a ser humano. Respirei fundo e repeti meu mantra de serenidade: a vida acaba, a vida acaba, a vida acaba. Não funcionou; porém, vendo um chiclete mascado no chão, recuperei minhas esperanças. Cocei a cabeça e empurrei minhas rodinhas para fora daquela insanidade. Baixei a guarda cedo demais; poucos metros depois da porta enchi os pulmões com a poluição intestinal mais podre que já havia sentido. Vi ao meu lado uma dona gorda tentando disfarçar sua flatulência, segurando uma coxinha numa mão e um copo de sorvete na outra. "Tenha alguma educação, senhora, não pense em público"; quase disse, mas pensei bem e não disse. Posso insultar empregados porque não estão autorizados a replicar. Por mais que isso me fosse repulsivo, aquele era um ser livre; livre para comer e emitir gases como bem entendesse. Seria horrorosa demais a situação de me ver forçado a discutir com aquele monte de banha glutona, contemplando sua papada suína e inchada sacolejar furiosamente sob uma boca cheia de fiapos de frango; se esse ser gorduroso caísse sobre mim, eu poderia até acabar fagocitado. Finalmente livre; fui interceptado na fuga, é verdade, mas sobrevivi. Missão cumprida. Cheguei ainda são no condomínio, mas já sem muita disposição de viver; momentaneamente, perdi a vontade de levar meu plano adiante; talvez por fome. Essa irritação azeda qualquer pessoa. Não há como não se detestar por ser preciso conviver. Botei a sacola em cima da mesa e fiquei fumando. Lembrei que havia me esquecido de comprar cigarros. Culpa dessa gente que não me deixa existir. Ficam cuspindo idiotice em minha vida. Peguei uma faca e um prato com o porteiro para fatiar a carne. Cortei-a pela metade, conforme planejado; metade para mim, metade para minha paz. Fui até a churrasqueira, acendi os carvões e deixei minha parte assando;

voltei para o apartamento e comecei a preparar minha granada de veneno. Fiz um corte na carne, atravessando-a até a metade. Li a embalagem do pote de veneno, procurando pela dose recomendada para ratos; calculei a proporção necessária para matar uns vinte; fui generoso na dosagem como quem vive desprendido do materialismo. Vi o veneno lindamente enfiado naquele pedaço de boi morto, como se fosse esse o seu sentido da vida *post mortem*. "Ótimo", pensei, "alcancei minha meta". Agora só preciso encher a barriga para recuperar a vontade de viver. A essa altura a carne já deve estar assada, pelo menos de um lado. Coloquei minha granada na sacola dada pelo açougue e fui à churrasqueira, vendo que a carne estava quase queimada, mas ainda com possibilidade de salvação. Virei a picanha e esperei que o outro lado deixasse de parecer algo vivo. Comi bem; picanha nunca cai mal; carne de primeira. Parece inacreditável que ainda haja vegetarianos comedores de capim moralizado; esse prazer carnívoro vale cada sofrimento bovino; até torturaria bois se isso melhorasse sua carne. Quase não acreditei quando vi aquela mesma velha da piscina tentando colocar a carne envenenada na churrasqueira. Pelos céus da sandice infinita! O que essa velha tem contra mim? Se ela latisse, deixaria que comesse o veneno também. Esse ser em decomposição, que vive para atrapalhar a vida dos outros fazendo favores que ninguém pediu. Dessa vez resolvi retribuir.

[A. Aceite, senhora, você não serve para nada. Vive sozinha porque até sua ajuda é um desserviço. A única coisa que sua

vida prova é que a gravidade funciona, com esse rosto sacole-
jante de buldogue, esses seios abandonados pela estética e mais
murchos que um pão adormecido. Enfie sua caridade num tú-
mulo e vá morar com ela.]

Disse somente o necessário; mantive a educação, sempre mantenho; sou um ser humano decente; ela não. Foi-se embora aos
prantos. Que vá, que morra, velha cretina, cadáver alienado
pela virtude dadivosa. Descontei nela o que ficou entalado pelo
supermercado, mas merecidamente. Uma felicidade provisória
instalou-se em minha mente; vi o mundo voltar a fazer sentido,
como se tudo estivesse novamente em seu lugar. A velha trancada em sua casa, esperando a morte enquanto assiste às suas
novelas vulgares; os caixas de supermercado burramente longe
de mim; e eu esperando a noite com o coração cheio de esperança anticanina. Pela primeira vez, tive serenidade suficiente
para ver o pôr-do-sol sem me entediar. Como imaginei, não
possui nada de especial. O importante é conseguir não se entediar; não há valor algum em ver essa porcaria movendo-se lentamente e mudando os tons do céu; a televisão faz o mesmo
com as paredes dos quartos. Contemplar o ocaso serenamente
é o mesmo que defecar lendo o jornal, só que o sol defeca escuridão sobre nós, aumentando a conta de luz. Comecei os pre-
parativos. Acendi um cigarro, o último do maço; coloquei a
carne de volta na sacola e me dirigi à rua. Ao atravessar a portaria, fui abordado pelo porteiro, que havia recebido reclama-
ções sobre meu comportamento.

[A. Houve uma reclamação por parte de um condômino sobre sua falta de boas maneiras.]
[B. Desembuche.]
[A. O senhor insultou a moradora mais benquista do condomínio, a velhinha que todos adoram.]
[B. Só disse a verdade, ora.]
[A. Tenha mais paciência com ela, senhor; se se dispuser a conhecê-la, verá que é uma boa pessoa.]
[B. Pois se case com ela então; isso não é problema meu.]
[A. Se isso se repetir, terei de pedir que se retire da vizinhança.]
[B. Se isso se repetir, darei um tiro na cabeça. Na minha.]

Fui para a rua, que estava deserta. Estralei os dedos e comecei a olhar as redondezas. Vi um bar. Fui comprar cigarros, vários deles, e fósforos, nunca isqueiros. Pedi minha marca preferida, aquela pela qual se anda uma milha; por milagre havia, pois quase nunca há; fiquei tão feliz que até comprei um chiclete, num gesto impulsivo. Ignorei o bafo de pinga do balconista, com aquele rosto seboso, e fiquei na dúvida se havia mais podridão naquele pote de salsichas em conserva sobre o balcão ou em seu semblante. Provavelmente mais no malote de banha que carrega. "Mais nada, não quero mais nada", disse. Essas gentes-que-vendem sempre acham que queremos comprar mais quando ficamos parados diante delas; deveriam logo pedir esmolas, que é o que fazem. Fui embora. Voltei à rua com meu cigarro à boca e alguma determinação na alma. Comecei a percorrer lentamente a calçada na qual havia a casa com o cão a ser presenteado com inexistência. Vi de longe o meu condomínio; é todo recordado num desenho repetitivo de pequenas habitações pessoais e padronizadas; concluí que humanos também vivem em colmeias, só que com rainhas invejosas em cada hexágono; se é assim, hoje estou aqui para trazer à minha vida o néctar da morte, como uma abelha que cultiva fel. Passei vagarosamente pela calçada; nem precisei olhar no interior de cada casa, com suas decorações baratas e plantas semimortas porque ninguém as rega depois que deixam de ser novidade. Assim que passei pela frente daquela que tinha o cão, ouvi-o latir ferozmente, aproveitando ao máximo sua última oportunidade de arruinar a minha paz.

[A. Isso mesmo, seja feliz, cãozinho; eu sei que serei.]

Tive um *flashback* estranho, misturando a memória do meu antigo cão explodindo com a sensação de que o sentido da vida tinha algo a ver com goiabas; fiquei sem entender direito o que isso quis dizer, se é que disse. Depois lancei um catarro ao chão, e nisso vi a prova de que estava certo em tudo o que pensava. Joguei a carne por cima do portão e parti. Não me interessava ver o cão convulsionando e espumando sangue, embora fosse algo que talvez também me cativaria a imaginação. Apenas o vi dar a primeira bocada. Nesse instante, enchi-me de orgulho; senti o otimismo de acreditar que tudo daria certo; e deu. Voltei para o apartamento triunfante, convicto como quem encontrou no cuspe uma nova religião. Naquela noite quase sorri, e senti nojo disso. Ouvi o cão uivar de dor longamente, como um sistema orgânico em colapso; vi as luzes da casa se acenderem; seus donos tentando socorrê-lo, todos chorando como se houvessem perdido um membro da família. Toda essa felicidade por apenas alguns trocados — coisas simples da vida. Aquela nova realidade-sem-cão diante de mim me fez refletir, pois vislumbrava uma eternidade de silêncio, reservando todo o espaço de minha vida para mim mesmo e minhas elucubrações idiotas. Pensei comigo: se a vida fosse uma goiaba, e eu colocasse nela um pouco de veneno, conseguiria finalmente me tornar um ser social. Uma metáfora sempre deixa as coisas claras. Amanhã será meu aniversário; pensarei em algo interessante para comemorá-lo em grande estilo, mesmo que seja necessário sair do apartamento. Tentei pensar em algo, mas acabei dormindo, pensando em como sou idiota.

IV

Acordei sobre meu braço completamente dormente; não bastasse já ter as pernas mortas, agora o braço. Tive de esperá-lo voltar a funcionar para acender um cigarro. Depois aparei a barba para tornar-me apresentável — para quem? Agora tenho Joe+1 anos de vida; grande coisa. O tempo não volta: esse é o único presente que me agrada em aniversários. Gosto dessa sensação de fluir para o nada de uma vez só, desse solavanco de passagem de tempo que o aniversário proporciona. Pelos anos, descolam-se escamas de nós, como que nos tornando cada vez mais reais, até a morte revelar o realmente nada que somos. Queria fazer algo novo, não me tornar um *serial killer* canino;

não que isso não fosse interessante; é menos clichê que matar pessoas, mas também não é grande coisa. Algo cativante, pelo menos hoje. Afinal, esse aniversário não é qualquer um, mas o primeiro depois da morte de meus sonhos, caído como uma responsabilidade de felicidade sobre as costas do dia **quarto**, coitado, que não o merecia. Decidi passar o dia comendo castanhas e lendo. Melhor, impossível. Comprei dois pacotes de castanha no bar e fui à biblioteca para encontrar algo que acariciasse meus neurônios tão mal alimentados ultimamente. Cheguei até lá sem muitas dificuldades, pois ainda era manhã, e havia pouca gente perdida pela rua em busca de um sentido para suas vidas, meta que sempre acaba me envolvendo e vitimando quando saio do apartamento. Deveria logo colocar um crachá dizendo que o sentido da vida é dar meia volta e sumir. Passei pelo atendente fingindo conhecer muito bem a biblioteca, antes que tivesse a adorável ideia de se prestar como guia. Não encontrei nada digno de atenção: noventa e nove por cento de lixo moderno, e o resto sendo os velhos clássicos. Melhor isso que nada. Sentei-me numa mesa, botei as castanhas sobre ela e comecei a ler. Abri o livro, deparando-me com uma apresentação do tradutor, explicando até quantos piolhos havia na cabeça do autor antes e depois de escrevê-lo. Essa gente feliz me enche de desgosto; gente feliz não pensa, só enriquece nossas vidas com seus excrementos verbais. Esse pateta entope páginas com dados biográficos inúteis só para elogiar-se enquanto grande conhecedor dos detalhes mais insignificantes de alguém que teve ideias interessantes; fica como um serviçal contando quantas espinhas nasceram numa gordurosa testa juvenil que se preparava para a glória literária. Se tivesse chance, aposto que até lamberia a sola do sapato do autor, isso só para acrescentar ainda outra página na qual descreve seu notável sabor inespecífico e cheio de mistério. E, no fim das contas, tais obras nem são grande coisa: só provam que alguém teve a capacidade de ver o óbvio e colocar isso no papel sem se elogiar o tempo todo. Isso basta para que um livro se torne digno de consideração, talvez de duas ou três leituras. Claro, nenhum deles é realmente fantástico, pois não há nada de fantástico na realidade, mas valem por contraste, pelo resto ser o mais completo monte de paspalhice irrelevante. Seja como for, essas apresentações de puxa-sacos são um lixo intragável; parecem intermináveis preliminares para cérebros com frigidez intelectual, fazendo massagem cardíaca em cabeças que sequer têm neurônios a serem revividos, pois já morreram todos de desgosto. Talvez por influência daquela velha decrépita, tive a bondade de arrancar essas páginas inúteis. Agora tudo retornou à ordem natural; seleção natural de páginas feita pelo bom e velho Joe. Li-o todo; ocupou-me a manhã inteira, e com algum proveito. O índice de idiotices dos clássicos geralmente é bastante baixo, apenas uma ou duas por página. Comecei a comer o resto das castanhas, que estavam com um gosto meio azedo. Vi uma máquina de café no canto da sala. Apertei seus botões com a felicidade de saber que não poderiam conversar comigo. A máquina cuspiu dois cafés no ponto. Isso sim é vida.

[A. Obrigado, máquina; você me entende.]

Peguei outro livro e voltei à mesa. Chegou diante de mim um ser franzino com uma expressão palerma e começou a estragar meu dia.

[A. Adoro esse autor; o senhor também gosta?]
[B. Não, estou lendo para fazer penitência.]
[A. ...]
[B. ...]

O ser foi-se. Há ratos de biblioteca, mas esse era apenas um verme que errou o caminho do hospício. Perdi a vontade de ler. Peguei mais um café e fui embora. Queria voltar ao meu apartamento para tomar um banho rápido e esperar o sono me salvar da existência por algumas horas, mas a volta não teve tanto sucesso como a ida. Topei com um mendigo; desviei dele, mas o infeliz continuou seguindo-me com aqueles olhos chupados, cheios de esperança em usar minha carteira como um meio de comprar mais bebida.

[A. Uma esmolinha, senhor?]
[B. Quero, em notas de dez.]
[A. Senhor, estou desempregado, tenho filhos para sustentar; peço apenas que me ajude como puder; o que o senhor me der, o Senhor lhe dará em dobro.]
[B. Deus é um caloteiro.]
[A. Sei que no fundo o senhor é uma pessoa bondosa; veja a minha situação, ponha-se no meu lugar; sempre lutei honestamente para ter uma vida digna, mas falhei; tudo o que queria

era levar uma vida humilde e tranquila, mas o mundo é um lugar injusto; hoje me envergonho por todos os dias voltar para casa e dizer que não haverá jantar.]

[B. E Joe com isso?]

[A. Dando o que não fará falta alguma ao senhor, pode fazer com que minha família reencontre a felicidade que há muito nos abandonou.]

[B. Senhor, eu sinceramente não tenho interesse em jogar meu dinheiro fora, muito menos meu tempo; se quer alguma coisa, roube-a; arrume um emprego; contraia dívidas; seu sofrimento não é problema meu. Ao falar apenas de si mesmo, de seus próprios problemas, o senhor apenas demonstrou que não acredita em nada do que diz sobre como é virtuoso preocupar-se com a felicidade dos demais; o senhor é egoísta e egocêntrico, como todos são, e eu não sinto pena alguma pelo fato de o senhor ter acabado como uma vítima de sua própria incompetência. Se o senhor tivesse a capacidade de ver as coisas com um grão de sal, veria como é ridículo que, além de ouvir os seus problemas, eu ainda tenha de dar-lhe dinheiro por isso, pagar-lhe por me importunar com relatos de sua própria inépcia. Se quer dinheiro, o senhor é que deveria ouvir as minhas misérias.]

[A. Se um dia o senhor se encontrar em minha situação, compreenderá o que digo; sentirá em sua pele como é ser um desgraçado esquecido pelo mundo.]

[B. O senhor deve saber que atualmente há telescópios poderosíssimos; com eles podemos observar detalhadamente planetas que estão a milhões e milhões de quilômetros, estudar sua com-

posição, seu comportamento; temos microscópios tão podero-
sos que, através de suas lentes, conseguimos ver coisas infinita-
mente pequenas, tão minúsculas quanto átomos. O que tenho
a lhe dizer é que, mesmo com um microscópio desses, ainda
não conseguiria encontrar meu interesse em seus problemas.]

Haja paciência. Voltei para o condomínio convicto de que o
bom humor é um mito. Tudo lá estava estranhamente calmo;
nenhum sinal de vida. Uma bondade do destino, finalmente.
Fui até a piscina para fumar, e fumei até minha boca virar um
cinzeiro; coisa notável, mas me deu sede. Fui ao apartamento
para tomar alguns goles de água e me espichar na cama. De
novo o horror corroendo minha alma. Aquele amontoado de
boçais com sorrisos nos rostos e um bolo com Joe+1 velinhas.
Isso que dá viver perto de gente encardida pela burrice. Sempre
que baixo a guarda, essas coisas se intrometem em minha vida
como baratas desmioladas. Querem me dar felicidade de pada-
ria, e isso bem no pior dia de todos, aquele em que fui cuspido
na existência por uma infeliz que não soube cruzar as pernas
nem teve a decência de abortar porque queria brincar de bone-
cas com bebês de verdade; desse sonho idiota eis que surge do
nada nada menos que o belo Joe, o idiota — um legítimo filho
do tédio. E isso é até perdoável, biologicamente perdoável. Mas
festas de aniversário? Isso não; isso é coisa que não se faz. O
que essa gente tem na cabeça? Um grilo, no máximo; um grilo
feliz. "Que felicidade vê-los todos aqui; não esperava uma sur-
presa dessas; pensei que não tinha amigos, mas hoje sei que tenho muitos; todos vocês ficarão no meu coração para sempre."

Disse isso apontando para meus intestinos. Deixei todos me abraçarem à vontade. Comi um pedaço de bolo, ouvi os parabéns e tudo. Descobri que me casarei com a Joa; quem diria? Até mordi a língua para lacrimejar um pouco e deixá-los contentes. Pedi licença para buscar refrigerante para a festa, pois estava com muita sede. Fui rapidamente até o bar, comprei duas garrafas de *Joe Cola* e um pacote de copos descartáveis. A caminho, bebi um copo e completei o resto com urina, isso como uma prova de minha consideração pessoal pelo gesto de carinho dos condôminos, feliz em saber que agora cada um deles terá dentro de si um pouquinho de mim, compartilhando por alguns momentos a mesma náusea que move minha existência. Não costumo fazer coisas desse tipo, com tamanha boa vontade, mas essa é uma ocasião especial que o merece. Logo todos começaram a sentir-se mal e deram o presente que eu realmente queria: sua ausência. Em paz, fui dormir, certo de que não havia mais esperança para a humanidade enquanto ela continuasse sorrindo. Tomei alguns remédios e apaguei tão rapidamente que foi como deslizar para a inexistência com atrito zero. Essas farmácias, sempre fazendo por mim o que ninguém mais pode. Foi esse o meu aniversário; se houve algum presente, foi haver servido como mais um motivo concreto e irrefutável em favor do suicídio.

V

Acordei com a boca seca como um deserto; parecia que havia comido um saco de serragem. Ressaca de fumante. Quem sabe um dia seja premiado por esse consórcio de câncer em que invisto todos os dias; não perco as esperanças, não essas. Despontar do **quinto** dia depois da morte de meus sonhos; consideravelmente satisfeito com o que alcancei em tão pouco tempo. Comi um pedaço que sobrou do bolo e vi que sobre a mesa havia um pequeno presente; dei descarga nele. Fumei mais um pouco até sentir meu pulmão bronzear-se. Vi alguns passarinhos se empoleirando nos postes do outro lado da rua; ocorreu-me o óbvio. Fui até uma loja de caça & pesca e comprei uma espingarda de pressão; fiquei atirando nos passarinhos sobre os fios de alta-tensão; atirava apenas nos que cantavam, em defesa do silêncio; só consegui matar um, mas foi um grande tiro, bem na têmpora; caiu como uma pedra; foi belo. Depois disso, todos fugiram; fiquei entediado. Busquei mais castanhas no bar; comi-as com a sensação cinza de que nada estava certo nem errado, como que inspirado por um deus-em-cima-do-muro, uma divindade relativista, covarde demais para criar uma realidade que tivesse opiniões próprias. Bocejei em seu louvor. Num lapso raro de criatividade, tive uma ideia boa sobre como passar o tempo. Fui até a entrada do condomínio e pedi que o porteiro me emprestasse a lista telefônica; voltei ao meu apartamento e procurei nela as universidades que tivessem cursos de filosofia. Liguei às que me pareceram mais promissoras; pedi informações sobre os professores de filosofia que estivessem já no fim de suas vidas. Depois de algumas horas incômodas aturando secretárias acéfalas tentando convencer-me de que não podiam passar essas informações, dizendo que eram sigilosas, finalmente convenci uma a abrir a boca massageando seu ego. Se pessoas bonitas deixam-se seduzir por elogios idiotas, tanto mais secretárias presumivelmente gordas e feias. De qualquer modo, consegui o que queria, o número de telefone de um velho filósofo aposentado, que dava aulas como passatempo; seu nome era Joe2. Entrei em contato e perguntei se estava disposto a debater sobre um tema que há muito tinha interesse em conversar com outro ser humano inteligente, que estivesse disposto a ser honesto, deixando de lado as baboseiras que se dizem sobre o assunto. Não lhe disse qual era, entretanto. Mesmo assim, mostrou-se simpático, embora um pouco ranzinza também. Era o que esperava; melhor, impossível. O professor disse-me que estaria livre por meia hora antes da aula; poderia encontrá-lo no próprio *campus* da universidade. Peguei o endereço e fui até lá algumas horas antes. Enquanto isso, perambulei pela biblioteca na esperança de encontrar alguma leitura útil, que me ocupasse até a hora em que teria minha conversa. Ajustei o alarme do relógio para a hora marcada caso me distraísse com algo interessante; um otimismo desnecessário. Li alguns capítulos notáveis, mas nada que me absorvesse tanto assim; continuei meio entediado; nem precisei do alarme, no fim das contas; era só ansiedade. O fato é que estava apreensivo porque nunca havia feito nada do gênero. Fui até a lanchonete; havíamos combinado de nos encontrar lá. A caminho, vi um homem franzino, carrancudo, olhando para o nada, com uma roupa completamente fora de moda, visivelmente incomodado pelo tumultuo de estudantes ao seu redor; era eu, no reflexo da porta de vidro que conduzia às salas de aula. Aquela imagem horrorosa refletia-me perfeitamente. Pouco tempo depois, vi o professor de filosofia aproximar-se de mim sorridente, já tentando disfarçar o constrangimento por ver que estaria a conversar com um aleijado. Num gesto de cortesia, fui buscar refrigerante para nós dois, só que esse era o original *Joe Shitcola*, purgante na medida exata para virar qualquer intestino do avesso. Disse-lhe que já havia encontrado a solução para minha questão pesquisando na biblioteca, e que estava muito embaraçado pelo incômodo. Não se mostrou preocupado, apenas acenou com a cabeça e dispôs-se a ajudar noutro dia qualquer, se precisasse. Antes de partir, entretanto, hesitou e perguntou-me qual era a questão. Disse que era o sentido da vida — que descobri ser o esgoto dentro de uma goiaba. O professor ficou pálido; não consegui distinguir se com minha resposta ou com o efeito intestinal.

[A. O sentido da vida se situa numa goiaba, e descobri isso devido a um cão que morava perto de meu apartamento. Hoje sou adepto da corrente náuseo-catarrística de pensamento, segundo a qual todos são cuspidos na existência e secam lentamente na sarjeta do mundo.]

Não entrei em maiores detalhes. O coitado não esboçou resposta; provavelmente nem me ouviu. Começou a suar profusamente, contorcendo-se, mas tentando manter as aparências. Disse, enfim, que estava passando mal, e que teria de ir para casa. Com aquela prontidão altruísta que sempre me caracterizou de dois minutos para cá, encarreguei-me de informar à diretoria sobre sua ausência, justificando-a para evitar que houvesse qualquer mal-entendido que pudesse comprometê-lo. Com os olhos esbugalhados, nem se preocupou em pensar muito; apertou minhas mãos rapidamente, agradeceu pelo gesto de solidariedade e partiu em disparada ao seu carro, sumindo numa velocidade pelo menos duas vezes acima do permitido. Como digo, farmácias, sempre elas, só elas me dão alegria. Peguei alguns livros na biblioteca e fui até a sala de aula. Entrei com a mesma carranca de sempre para que não me começassem a me amolar. Coloquei os livros sobre a mesa e voltei-me aos alunos, todos com aquelas expressões palermas.

[A. Olá, classe. Hoje lecionarei para vocês a pedido pessoal de Joe2, que não pôde comparecer por motivos de saúde. Para quem não me conhece, meu nome é Prof. Dr. Joe Hanz Einza, formado na universidade de *Harvarjoe*; leciono há muito anos, com pós-doutorado em filosofia da náusea. O que Joe2 tem ensinado a vocês?]

[B. Hoje iniciaríamos nossos estudos em ética.]
[A. Tudo bem. Vocês sabem o que é ética?]
[B. Ainda não tivemos nenhuma aula sobre isso.]
[A. Não foi o que perguntei, mas tudo bem; partamos do básico.]

Virei para a janela, tirei um cigarro de um bolso, umas castanhas do outro; comecei a fumar, comendo-as vagarosamente.

Fui à lousa e fiz dois pontos. Voltei a fumar, pensando no que diria, já que aqueles pontos não tinham nenhum sentido; mas inventei um rapidamente. Tirei algumas remelas do nariz, bocejei e comecei a explicar.

[A. O ponto *a* é o nascimento; o ponto *b* é a morte. Ética é aquilo que se usa para percorrer o intervalo entre esses dois pontos sem ser preso. Até aqui, não penso que haja dúvidas, ao menos não da parte dos que têm cérebro. Segundo a filosofia da náusea, a ética tem uma função sócio-higiênica bastante clara e específica.

{Explicarei assim que acabar meu cigarro. Fiquem fazendo algo enquanto isso.}

Suponhamos que a existência seja uma goiaba; que o homem seja um verme dentro da goiaba do ser. No início, só havia a goiaba, como um caroço de ser pendurado na árvore do nada. Temos aquilo que é a goiaba-em-si e aquilo que é a representação subjetiva dessa mesma goiaba; uma realidade criada por nós, vermes. Se é que vocês pensam, pensem comigo: o que caracteriza a atividade de um verme dentro de uma goiaba? Apropriar-se de seu conteúdo e defecar. A goiaba-em-si é convertida em excremento-em-si por meio de nossa atividade vermicular, caracterizando um defecar-na-goiaba que nos é intrínseco. Nós, enquanto vermes, engolimos a goiaba; como resultado, rastejamos imersos em nossos próprios excrementos; digerimos o ser-goiaba e o transpomos como coisa-cagada. Antes de nosso surgimento estava tudo bem; nada fedia, senão por acaso. Porém, com o advento do homem, a bosta é jogada no ventilador do devir; manifestamo-nos no coração dessa goiaba como vermes que apodrecem o miolo essencial do ser. Portanto, podemos constatar o surgimento de uma dualidade na essência do ser: temos o original ser-goiaba e o ser-excremento, resultado de nossa atividade. Na condição de vermes, estamos em comunhão íntima com a essência do ser; nossa atividade transforma o ser-goiaba em ser-excremento; ocupamos, pois, um papel central no contexto goiabal-fecal. Antes da ciência, não tínhamos uma noção muito clara dessa realidade, pois os fenômenos apenas nos dão indícios indiretos da realidade, como que indicando uma flatulência oculta por detrás das aparências. Para transcender a realidade subjetiva dos fenômenos, a ciência nos ensinou a olhar para trás: com isso, vemos um rastro de excrementos concretos, a história de nossas vidas — aquilo que chamo de sentido-esgoto, ligando os pontos *a* e *b*. Nós podemos compreendê-lo também pela intuição, pois a goiaba nos é exterior, mas o defecar nos é intrínseco, constitui nossa própria essência enquanto vermes; temos acesso imediato a essa realidade, e é por isso que a consciência fede tanto. Resumindo, a vida constitui-se enquanto um movimento de transmutação, convertendo a essência do ser-goiaba em essência fecal, um fenômeno concretamente cagado. Aqui entra a ética como ferramenta de controle intestinal. Imaginem se todos pudessem defecar livremente, em qualquer canto, sem qualquer critério? Tudo descambaria numa grande incontinência intestinal.

{Você aí no fundo sorrindo; vá mostrar seus dentes para o outro lado desta parede.}

Nessa ótica, a função da ética é evitar que o excremento-para-mim se converta em excremento-para-o-outro; quem não conseguir se segurar, quem borrar as calças, vai preso.

{Abaixe a mão, piolho de óculos; ainda não terminei.}

O ideal da ética é transformar todos os esgotos pessoais num fluxo fecal fechado em si mesmo; um homem ético responsabiliza-se por suas próprias cagadas, aceita-as como uma cagada-para-mim. A ética é, pois, aquilo que recicla e restringe o alcance de nossos resíduos intestinais, trazendo-os para nós novamente, para que assim a vida em sociedade seja possível sem que os vermes defequem uns nos outros o tempo todo. Disso nasce a náusea. Percebam como ela é essencialmente um mal-estar oriundo das restrições impostas pela vida em sociedade. A náusea caracteriza-se por um defecar-em-si-para-si, como se com a ética nosso intestino estivesse diretamente ligado às nossas bocas num *continuum* de comer-o-cagado. Apenas assim cada qual se limita aos seus próprios excrementos sem incomodar os demais. A náusea impõe-se como uma medida higiênica para que nosso sentido-esgoto não vaze e contamine a trama de sentidos-esgotos que configuram a sociedade; apenas assim podemos rastejar como vermes civilizados do ponto *a* ao ponto *b* numa vida verdadeiramente ética e justa, em que ninguém engole bosta nenhuma além do necessário.

Em teoria, parece tudo muito simples, mas não lidamos bem com essa realidade básica. Para viver em sociedade, deixamos de defecar na exterioridade, mas mesmo assim não nos vemos como um fecaloma, como um saco de estrume; não admitimos que nossa condição de existência consista no consumo de nossos próprios excrementos; nesse sentido, a sociedade só fala bosta o tempo todo, pois essa é sua única válvula de escape; isso também explica por que gostamos tanto de nos socializar. Esse é o conceito central da ética na abordagem da filosofia da náusea. Por hoje, isso é tudo. Quero que escrevam uma dissertação que seja uma resposta à seguinte questão ético-intestinal: *por que se segurar?* Entreguem seus trabalhos na próxima aula, sem atraso. E procurem empregar metáforas, pois sempre deixam as coisas claras.]

Fui embora me sentindo um idiota, como sempre, e não fiquei nem um pouco espantado por perceber que levaram a sério esse besteirol todo. Ao menos foi um dia agradável, menos tedioso que o normal. Ao fazer o caminho de volta, vi que descer rampas é mais divertido que subi-las; fiz algumas manobras de derrapagem; coisa só para paraplégicos radicais. Passei na lanchonete do *campus* para pegar algo para comer antes de voltar ao meu apartamento, mas não foi possível. Atravessei aquele paredão de quadrúpedes tentando acasalar apenas para deparar-me com uma das cenas mais indignas às quais meus globos oculares já foram expostos. Estava diante de uma prateleira de lanches até aceitáveis do ponto de vista do apetite; pareciam

algo merecedor de uma digestão casual. Levantei os olhos e so-
licitei permissão para a inclusão de um deles em meu estômago.
Disseram-me que aqueles estavam velhos, e que logo sairia uma
nova fornada. Se forem apenas cinco minutos de espera, tudo
bem; melhor que comer lanches secos e borrachentos. Enquanto esperava, percebi o terrível equívoco que estava prestes
a cometer. Com o canto do olho, vi o ser que os preparava. Su-
ponho que era um homem, mas não sei dizer com certeza;
aquilo me fez perder qualquer certeza. Não ouso definir em palavras claras o que estava diante de mim, e aceito essa minha
limitação com a maior boa vontade, quase a louvo. Apenas
posso descrever parcamente o que senti num vislumbre vago e
vertiginoso, pelo qual amaldiçoei meus olhos, a porta de entrada dessa angústia desfigurada. Recebi na vista a imagem de
uma figura coxa e atarracada apertando uma massa amarela e
densa com mãos coalhadas de feridas cascudas, unhas grossas
semidescoladas por micose, com suor gorduroso escorrendo da
testa; coçava o couro cabeludo seboso e caspento, o ouvido en-
tupido de cera avermelhada, o nariz cheio de cravos maduros e
pelos bigodudos; com todo esse lixo colhido da epiderme enfiado sob as unhas, mergulhava as mãos na massa com um entu-
siasmo animalesco, como se estivesse copulando com aquele
monte de massa promíscua. Quando o chamavam, levantava a
cabeça com um sorriso fanhoso, com os lábios moles pendendo
daquela boca pretejada, que ameaçava derramar baba sobre a
coisa toda. Uma espinha, talvez um furúnculo que vi nele foi
suficiente para empestear minha imaginação, reconstruindo-o
como um favo de pus. Seu corpo todo me pareceu recoberto de

pequenas pústulas hexagonais amareladas, como um cacho de abelhas no formato de homem, em que bactérias cultivam podridão; se o apertasse, veria sua forma humana desfazer-se em pingos densos de mel purulento. Não conseguia mais dizer onde começava a massa, onde terminava o homem; era tudo um aglomerado indistinto de pesadelo vomitivo; via somente uma gosma amarela apertando-se, braços gordos e peludos enterrados numa outra massa de pelancas viscosas e amanteigadas, uma coisa desmanchando-se dentro da outra. O resultado eram os lanches que tinha diante de mim: verdadeiras bombas de suicídio intestinal que me sorriam educadamente dentro de embalagens plásticas, cujas informações nutricionais não mencionavam o teor de imundície acrescentado pelo cozinheiro. Para não dizer que foi pura perda de tempo, tive a prudência de observar que isso ilustrava muito bem a diferença entre o que somos por fora e por dentro. "Não há saída", pensei, "aquele que não é repulsivo por ser hipócrita torna-se repulsivo por ser descaradamente humano, como essa coisa diante de mim, exibindo-se tal e qual à massa que prepara". Espremi os olhos e tentei sacudir essa imagem nauseante de minha cabeça. Por hoje, nada de comida; embrulhou-me até os pensamentos. Fiz o caminho de volta um pouco estonteado e perseguido pelo nojo. Cheguei ao condomínio já com os olhos pesados e uma consciência bocejante vomitando minha inteligência e colocando sono no lugar, até me reduzir a um vegetal. Tomei a metade restante da caixa de remédios, dose para dormir feito um saco de carne inerte; fiz isso como quem dá a si próprio um conselho no qual acredita, confiando na possibilidade real de que o efeito poderia acarretar uma amnésia pós-traumática que varresse aquela imagem de meus neurônios. Apaguei da realidade como se recebesse no queixo um soco químico de inconsciência. Sonhei que limpava restos de goiaba de minhas unhas com um lápis; quanto mais limpava, mais apareciam miolos de goiaba escorrendo por todos os cantos, até que não conseguia mais me enxergar; tudo se recobriu de vermes felizes que se negavam a partir de minha boca até que eu sorrisse também, puxando-me os lábios para cima; não cedi à chantagem; mastiguei-os e os convidei a fazer o mesmo; deixei-os roendo minha vida como um Salomão que agrada ambas as partes. Foi um belo sonho; quase nunca sonho.

VI

Acordei com a cara enfiada numa poça de baba; interpretei como um bom presságio. Fiz café, fumei e matei mais alguns passarinhos até meu cérebro começar a funcionar. **Sexto** dia depois da morte de meus sonhos. Sentindo-me um pouco solitário, com a boca costurada pela inexpressão de minha existência inútil. Celebrei a vida com gastrite e cigarros; em vão. Como louvores nunca foram o meu forte, continuei sentindo-me um vazio negativamente vazio, como um vácuo que engole a si próprio e se perde no abismo vertiginoso de si mesmo. Para não ficar de braços cruzados, que teria sido a escolha mais inteligente, apelei para a burrice de agir conforme minha consciência. Saí em busca de companhia. Abri a porta do apartamento sentindo que aquilo era um erro ao qual me via condenado por algum instinto maldito, regurgitado à consciência a partir de minhas profundezas mais primitivas; nisso percebi que o homem não é um ser social, mas um escravo social, oprimido por sua própria natureza ridícula. Respirei fundo e girei a maçaneta; agora não há mais volta. Tenho o mundo diante de mim; desenho-o como uma pintura estática dentro da qual vejo pequenos pontos fazerem movimentos repetitivos e previsíveis; tento encontrar uma interpretação que faça a realidade ter significado; não consigo; é tudo insólito de tão simples. Nessa confusão, tudo é a obviedade que parece ser. Mas não os homens; eles são importantes; são todos Joes-não-Joes, louváveis reis-do-nada. Todos burros pelos olhos, e eu idiota pela cabeça; eles sorriem mentiras, eu resmungo pensamentos; são infelizes e eu também. Estava claro que havia cometido um erro. Porém, como não posso contra ele, joguei-me nele conscientemente para alcançar um trauma ainda mais profundo da sociedade — e aposto que a natureza não contava com um golpe tão baixo. Fechei-me do lado de fora. Fui até a portaria e fiquei observando as pessoas passarem enquanto um pobre-diabo apertava tediosamente o botão que abria a porta de entrada; parecia um macaquinho condicionado a agir sem recompensas. Todo o seu ser resumia-se à prontidão militar de seu dedo indicador, pressionando aquele interruptor no momento exato, sempre. Imagino quanta brutalidade esse infeliz teve de sofrer para aceitar tal tarefa com naturalidade; sua liberdade é um aborto; talvez por haver se acostumado, desde pequeno, a nunca pensar, condicionado a ser um autômato como uma preparação à vida profissional; é possível que tenham incutido nele certos padrões de comportamento e valores tidos como necessários tendo em vista o tipo de atividade que o destino presumivelmente lhe reservava. Nada me espanta ver aquele crucifixo ensanguentado ao seu lado: retrata-o muito bem; a familiaridade com dogmas metafísicos é um ótimo meio de suportar essa lastimável condição de ser-para-o-dedo. Seja como for, é provável que eu esteja errado nisso tudo que pensei; é muito difícil reconstituir mentalmente a trama de acasos que conduz um ser humano a uma situação tão desgraçada; mas não tenho interesse em ficar esmiuçando possibilidades. O fato é que ele estava lá, apertando concretamente o botão como um pequeno robô idiota. Tudo isso apenas para permitir a passagem daquelas pessoas zumbificadas pela rotina, perambulando para lá e para cá como baratas escravizadas pelos seus próprios relógios. Passou um homem engravatado com uma criança birrenta; passou uma moça penteando-se e conversando com um aparelho eletrônico; passou aquela velha imbecil com uma torta nas mãos; passou um mosquito gordo; depois passei eu, cheio de ver esse desfile de sandices. Pedi ao porteiro o endereço de algum restaurante próximo e fui. Cheguei frente a ele; vi que não conseguia abrir aquela porta de vidro fechada mecanicamente por um sistema de pressão hidráulica. Sem pernas para chutá-la, empurrava-a com uma mão, mas antes de poder me enfiar pela passagem, ela voltava novamente. Nessas horas uma bengala seria de grande ajuda. Pensei em pegar distância e entrar no melhor estilo pé-na-porta-sem-pé; naquele tumulto de dentes mastigadores, ninguém notaria. Em vez disso, pensei em longo prazo; resolvi comprar logo uma bengala. Lembrei que havia visto uma na mesma sapataria em que comprei meu primeiro chapéu. Fui até lá; o vendedor me reconheceu, cumprimentou-me como se eu estivesse lá para criar vínculos afetivos com mostruários biológicos. Vi o preço na etiqueta da bengala e tirei do bolso o equivalente em dinheiro; com uma coisa em cada mão, mostrei-as ao vendedor, empurrando-lhe o dinheiro e trazendo a bengala para mim, deixando claro que aquilo era apenas um escambo moderno, não fidelidade de um cliente feliz; ele pegou o dinheiro e sorriu, mas não sorri de volta para não lhe passar a impressão errada. Problema resolvido. Retornando ao restaurante, agora entrar foi quase algo natural. Instintivamente, aquele pedaço de madeira adornada tornou-se a extensão que me faltava para interagir com o universo das portas mal projetadas. Infiltrado naquele lugar abafado pelo odor de fritura, vi que precisava posicionar-me em algum ponto de sua geografia de mesas enumeradas; antes disso não seria mais que um turista invisível. Percebi uma mesa bem ao fundo, chamando-me para longe do alvoroço; coloquei de lado a cadeira da mesa e coloquei a minha. Senti a soberania de ser o dono daquele território quadricular; minhas posses eram um saleiro, uma lata de azeite e guardanapos; "aqui mando eu", pensei, é o mundo supremo do eu-mesmo enquanto cliente com grana no bolso; presidente dos cozinheiros, dos garçons, dos caixas; todos me obedecerão enquanto estiver sentado junto a esse quadrilátero de madeira. Vi o cardápio; escolhi bife acebolado com batatas fritas; um clássico; para beber, água. Agora vinha o verdadeiro problema: comunicá-lo; acender o estopim de causalidades que culminariam numa barriga cheia, um encadeamento de humanos trabalhando em perfeita harmonia pelo cumprimento da palavra que sair de minha boca. Passou um garçom perto de mim; chamei-o, mas percebi que isso ocorreu apenas mentalmente. Precisava vincular meus pensamentos ao seu ouvido com vibrações de minhas cordas vocais; levantei o braço; todos olharam, menos o garçom. Desgraçado. Muito trabalho para nada. Enquanto não conseguir chamá-lo, nada de comida. Senti desgosto, e nisso veio a inspiração. Coloquei uma nota de dez no chão e esperei alguns segundos. Isso o garçom viu rapidamente, e como viu; parecia um ímã que chupava seus olhos ávidos por esmolas; fiz-me de inocente; não percebi coisa alguma, nem ele; chegou sorrateiro para coletar a nota; quando se curvou para pegá-la, cravei a bengala bem no meio da nota com um gesto rápido e seco, arrastando-a para perto de mim; ainda curvado, levantou a cabeça e viu meu sorriso; compreendeu que era um xeque-mate. Abri o cardápio e apontei o prato que queria. Sucesso. Com um pouco de veneno, tornei-me um ser sociável, capaz de interagir com o mundo eficazmente. O resultado disso era previsível como uma engrenagem de relógios humanos programados para fazer comida; ele saiu com uma informação na cabeça, seguiu as instruções e voltou com o resultado nas mãos, deixando-o sobre minha mesa; aproveitei para pagar-lhe imediatamente, ou me veria novamente forçado a executar esse ritual lastimável de fazer-me perceptível ao mundo. Terminei de comer, acendi um cigarro e comecei a aproveitar aquele glorioso momento de boa digestão. Deveria ter pensado nisso na hora de chamar a atenção do garçom, pois ele parou tudo o que estava fazendo apenas para dizer que não podia fumar naquele estabelecimento.

[A. Por que não?]
[B. É lei, senhor.]
[A. Quem, você? Tenha dó.]
[B. Apague este cigarro, senhor.]
[A. Pois não.]

Tirei outro cigarro do bolso, acendi-o na ponta do primeiro; pus o novo cigarro na boca e o outro enterrei na mesa. Foi-se em silêncio; ao menos soube admitir a derrota. Não o deixei atrapalhar minha digestão com suas superstições antitabagistas. Essa gente é muito curiosa; reduzem-se a um bando de paus-mandados submissos, e fingem que isso lhes agrada; porém, disputam aos tapas a oportunidade de proibir alguém de seus prazeres tão logo haja algo que lhes confira poder para tanto; ignoram a lei o tempo todo, até que esta lhes sirva para fazer com que se sintam reconciliados com suas vaidades espancadas e violentadas pela sujeição. Não era porcaria nenhuma de lei, mas puro e simples ressentimento do macaco por detrás daquele ator vestido de garçom. Ninguém estava incomodado com minha brasa acesa no fundo do restaurante, só aquele que tinha o poder de apagá-la. São macacos cretinos, assim como eu, mas tenho a decência de ser honesto e escarrar para fora. Parti daquele antro de mulas apedeutas. Como esperava, o episódio apenas confirmou que não presto para conviver; humanos nunca me serviriam como companhia; não há como conceber uma convivência suportável com outro indivíduo sem que um dos dois esteja morto ou amordaçado. Voltei ao apartamento; com a barriga cheia e o humor azedo consigo pensar melhor. Procurei uma solução para essa angústia de incompletude social na lista telefônica; localizei um *pet shop* próximo. Fui até lá e fiquei passeando entre os animais enjaulados, todos felizes e mudos como eu; vivendo sozinhos apenas com um lugar no qual dormir, tendo ao lado um pote de lavagem e outro de água suja; vi nisso que seriam minha única companhia possível. Entre todos aqueles animais, procurei o que tivesse uma mentalidade algo semelhante à minha; nada me pareceu mais lógico que escolher um rato como companheiro, pois é o que mais se aproxima de um homem sensato pelo seu comportamento canalha e previsível. Enfiei a mão na gaiola e esperei que algum deles mordesse meu dedo; elegi o primeiro que cravou os dentes, por ser o mais honesto e autêntico; não queria um rato hipócrita. Comprei uma pequena gaiola na qual poderia vê-lo existir numa vida que é uma versão em escala reduzida da minha própria, convidando-me a uma viagem de autoconhecimento. Não havia pensado nisso com antecedência, mas me ocorreu algo interessante: comprar uma terceira vítima canina para servir de casa ao rato, que apelidei carinhosamente de *Nihil*, ou apenas Ni, um nada intencionalmente incompleto. Enquanto aguardava o troco, fui visitado pela sensação de que meu instinto social finalmente havia encontrado um canal de expressão saudável. Trouxe minha compra para o apartamento e comecei a preparar a cama de Ni, esse rato de sorte. Peguei uma faca e um saco de lixo com o porteiro; olhei o cão, com aquela expressão cristã de quem quer alguém para escravizá-lo em troca de comida e segurança; afaguei sua cabeça, para a qual tinha um belo plano, e quebrei seu pescoço num gesto de grande destreza; o ruído não foi igual ao de filmes de ação. Como esperava, morreu quase na hora; menos mal; melhor isso que vê-lo desperdiçar meu tempo com convulsões de despedida. Fui até o banheiro, enfiei o cão no saco de lixo, deixando apenas a cabeça de fora; coloquei-o equilibrado entre o bidê e a privada para que o sangue caísse apenas dentro dela. Cortei sua cabeça, coisa que foi meio difícil, principalmente a parte da coluna; deu um belo trabalho. Depois amarrei o saco que continha o resto do presente e o deixei no bidê até que encontrasse algum fim para aquele efeito colateral de minha bondade. Coloquei a cabeça na pia e comecei a remover o tecido macio; não foi muito trabalhoso, só um pouco nojento, principalmente porque a faca estava embotada; a melhor parte foi remover os olhos, que escaparam das órbitas como duas jabuticabas; pena que murchem com o tempo, ou faria um chaveiro com eles. Exteriormente, o crânio estava limpo, mas precisava abrir um espaço para que Ni pudesse morar nele. Cortei um pequeno círculo no topo, tirei o cérebro, raspei tudo muito bem para que aquilo não começasse a feder. Ficou ótimo. Tirei um pouco do enchimento de meu travesseiro e coloquei dentro crânio para que o rato ficasse confortavelmente alojado em sua nova cama. Sem dúvida alguma, Ni ficou feliz em ver sua gaiola mobilhada com uma cama tão luxuosa, com a qual a maioria dos roedores nunca ousou sonhar nem em seus sonhos mais dentuços. Fiquei satisfeito em vê-lo aproveitar o presente; nesse instante entendi o significado de amor ao próximo. Deixei-o aproveitar a novidade e voltei-me à tarefa ingrata de jogar fora a embalagem do presente. Peguei a lista telefônica e procurei uma floricultura; perguntei se tinham mudas de árvores. Havia várias; escolhi uma de goiabeira. Fui até a loja; por sorte ficava nas redondezas. Como não sabia escolher mudas, pedi que o vendedor me empurrasse qualquer uma; desde que não morresse, tudo bem; não precisam esbanjar vigor com galhos simétricos e ramos verdejantes. Se aceito os meus defeitos, não vejo por que não deveria aceitar os de minha árvore. Pedi instruções sobre como cultivá-la; não havia muito segredo. Levei a muda, uma pá e alguns fertilizantes. Voltei ao condomínio carregando toda essa tralha, o que me deixou todo sujo de terra; poderia ter simplesmente pedido que entregassem a encomenda em minha residência. Considerando o fato de que sou idiota, pouco surpreende não ter ruminado essa possibilidade com antecedência; isso foi novamente confirmado pelo fato de que não havia pensado em como poderia cavar um buraco para plantá-la, já que não podia sequer ficar em pé. Depois de alguns instantes dedicados a insultar-me vigorosamente, voltei-me à lista telefônica; liguei para uma dessas organizações de ambientalistas fanáticos e disse que desejava plantar uma árvore em frente à minha casa, coisa que para eles é praticamente como ser um apóstolo de um messias verde, salvador anônimo da humanidade anônima. Sabendo de minha condição física e de minha profunda admiração por sua ideologia vegetal, um representante prontificou-se a fazer o plantio da muda para mim, vendo nisso a oportunidade de cultivar uma virtude qualquer que amacia seu travesseiro. O homem de fé chegou uma hora depois, todo equipado com uma parafernália ridícula. Mesmo tendo a muda diante de seus olhos, perguntou-me se era eu quem o havia chamado; tive vontade de responder que não, que, sabendo de sua vinda, sequestrei o dono do apartamento, amarrei-o no porão, tomando seu lugar com a finalidade oculta de vender pipocas carameladas insidiosamente aos representantes do movimento de reflorestamento urbano. Perdi essa oportunidade mágica porque isso poderia fazê-lo deixar de me obedecer, então fingi que compartilhava de sua burrice. Pediu que apontasse o local em que seria plantada a muda, que afirmei ser uma planta já meio adulta, para que fizesse o buraco do tamanho necessário para o caso; ele nem percebeu a incoerência. Deixei-o lá trabalhando sob o sol de sua virtude e voltei para brincar com o meu rato. Joguei os restos secos de bolo para ele, sobre os quais se lançou sem demora, roendo-os até tudo ser convertido em pequenos grãos fecais, com as quais convivia pacificamente; invejei-o por isso. Permaneci com os olhos voltados àquele microcosmo, observando as formigas roubando sua comida como um pequeno exército de insetos dados à pirataria. O que essas formigas diriam se pudéssemos conversar com elas? Provavelmente teriam explicações morais que justificam sua pilhagem; devem acreditar que sua capacidade de carregar cem vezes o próprio peso as torna imunes a qualquer crítica racional, superiores a todas as outras espécies. Enquanto ratos e humanos seguem suas vidas sem sentido, elas cumprem o único dever que realmente possui valor, subtraindo todo e qualquer bocado de comida que encontram sem nenhum pingo de remorso, como se os demais seres vivessem apenas para servi-las, como se plantações fossem apenas um meio indireto de incentivar o crescimento das sociedades formiculares. Seria mesmo interessante ouvir o que pensam de si mesmas, de suas rainhas altivas com sua gloriosa tradição, de seus bravos guerreiros cheios de ácido fórmico, de suas humildes operárias calejadas pelo trabalho duro, de seus sonhos para as larvas que cultivam com grande esperança no futuro. Se víssemos nós mesmos desse ângulo, por cima da sociedade em que estamos imersos, penso que teríamos a mesma impressão a respeito dos seres humanos, com seu comportamento igualmente militarizado por uma rotina norteada pelos seus umbigos. Contudo, formigas vão e pegam o que querem honestamente, sem pedir desculpas com diplomacia barata; formigas realmente acreditam em si mesmas, não ficam encenando uma patetice como nós, que pedimos perdão por não ser inofensivos. Vi uma formiga desviar-se do grupo, aparentemente perdida, ou talvez em numa incursão ao desconhecido em busca de novas fontes de recursos ao formigueiro. Uma exploradora, provavelmente; talvez invejosa daquela que descobriu os restos de bolo na gaiola de Ni, procurando algo ainda mais nutritivo que a faça sentir-se importante perante suas iguais. Se fosse humana, seria essa a explicação mais plausível. Perdi-me pensando nisso e achei-me conversando sozinho com aquela formiga.

[A. O que você faz separada das outras?]
[B. Estou procurando o sentido da vida depois da árvore.]

[A. O sentido não é levar comida ao formigueiro?]

[B. É o que dizem, mas não acredito; nunca me deram provas disso.]

[A. Mas é isso que as formigas sempre fizeram.]

[B. E daí? A tradição não me prova coisa alguma, apenas que nunca mudamos de ideia.]

[A. Se pudesse fazer o que quisesse, o que seria?]

[B. Nunca pensei nisso com calma; trabalho tanto que não há tempo; nem durmo direito. A rainha diz que quem trabalha muito ganha um formigueiro todo só para si depois da morte; é a opinião da maioria, mas duvido disso pessoalmente; se nem viva ganho alguma coisa, menos ainda na morte. Hoje completo seis meses de vida; é a primeira vez que fujo do formigueiro; se descobrirem, provavelmente serei punida com a morte por meu comportamento. Disseram-me que o mundo acaba num precipício depois de uma árvore bem longe daqui, e estava procurando-a para ver se é verdade. Gostaria de acreditar que tudo é como dizem, mas dizem tantas coisas diferentes do que vejo que não pode ser verdade. O pensamento de que sou dependente do formigueiro arrepia até meu exoesqueleto, mas preciso das demais formigas para viver; é minha natureza. Nunca mais se ouviu falar das formigas que partiram ao abismo desconhecido depois daquela árvore.]

[A. Não tire conclusões precipitadas, use suas antenas; veja que também sou um ser de natureza social, e isso repugna-me, mas reaprendi a viver como uma ilha rodeada de conveniências a serem exploradas, de inconveniências a serem evitadas; apenas assim alcancei algo próximo do que esperava de minha existência; quando você acredita nas demais formigas, é uma idiota escrava, quando vive sozinha, é uma idiota livre. Você já viveu metade de sua vida, tempo suficiente para perceber que a vida é isso mesmo, mais nada. São as crendices desse formigueiro supersticioso que a impedem de viver sua falta de sentido em seus próprios termos. Fora dessas paredes, acho que você sabe, há um grande formigueiro de gente chamado humanidade, e vivo apenas dentro desse meu casulo como uma formiga solitária. Sabe o que há depois daquela árvore distante? Nada; só um monte de formigas exatamente iguais a você, todas idiotas, com as mesmas dúvidas sobre o que há para cá dessa mesma árvore que não quer dizer nada.]

[B. Quem me garante que conseguirei algo com isso?]

[A. Garantida é apenas sua miséria se continuar como está. Aposto que, se pudesse escolher sua própria vida, nunca escolheria a que tem no momento, nunca optaria viver como uma formiga espezinhada por um pelotão de formigas beatas que correm para não pensar. Se você houvesse nascido agora, e tivesse que aprender a viver assim, sozinha como está, levaria exatamente a vida que quer, embora não haja garantia de que isso será grande coisa também; pelo menos será a sua não-grande-coisa em vez de um grande nada que aceitou como uma formiga sem dignidade, alienada pela vida em uma sociedade que a ignora enquanto inseto. Isso vai contra os princípios que regem o formigueiro, contra os valores que lhe ensinaram desde que era uma pequena larvinha, mas e daí? Veja a cretinice das que os seguem. Valores sociais servem apenas para ser

usados e explorados, não seguidos e louvados. Guarde sua vida para você mesma, formiga, não a desperdice com as demais; veja como são tontas.]
[B. Estão me chamando, preciso ir.]

Fiquei um longo tempo imerso em tais pensamentos de eremita iniciante, enquanto isso seguia com os olhos o percurso daquela formiga que andava aparentemente a esmo sobre minha mesa, elogiando-a para que isso me confortasse em minha situação ridícula, tentando convencer-me de que estou certo em ser diferente. Se aquela formiga parecia sensata em desgarrar-se de sua sociedade idiota, o mesmo também deveria aplicar-se a mim, que estou noutra sociedade idiota.

[A. Está pronto, senhor! Está pronto! Venha ver!]

Meus devaneios foram interrompidos por aquela criatura que contratei com elogios baratos. O ambientalista mugia sem parar que já havia cavado o buraco, como se eu fosse surdo; queria que saísse às pressas com a muda nas mãos, como se o momento fosse uma questão de vida ou morte. Disse-lhe, entretanto, que plantar alegria é coisa que se faz com as próprias mãos; queria sentir aquela vida sendo abraçada pelo coração da mãe terra como um pequeno milagre pessoal, e por tal razão realizaria isso somente à noite, num momento íntimo de contato com a natureza. Compreendeu-me perfeitamente, com os olhos marejados; acreditei nele, pareceu-me suficientemente estúpido para tanto. Antes de ir embora, entregou-me alguns panfletos de proselitismo vegetaloide; usei-os para forrar a gaiola do Ni, a única utilidade possível àquelas porcarias; ele partiu carregando consigo uma consciência tão leve quanto a importância de sua vida. Até chegar a noite, fiquei comendo castanhas e divertindo-me com meu amigo roedor, que compartilha também do gosto por essas pequenas bolotas gordurosas. Nunca mais encontrei aquela formiga; se seguiu o meu conselho, deve ter morrido. Chegada a noite, verifiquei se não havia ninguém por perto, já que provavelmente me questionariam sobre a razão de ter em mãos um cão decapitado, enchendo-me de acusações morais inventadas por boçais do passado, que gritaram suas imbecilidades sem imaginar que o eco de sua ignorância reverberaria no tempo até encontrar abrigo na boçalidade das cabeças do presente. Idiotas do passado, idiotas do agora, para mim todos compartilham a mesma essência de burrice, cumprindo com maestria o destino de desperdiçar todas as faculdades mentais para repetir chavões como papagaios beatos. Com aquele defunto mutilado em mãos, e comparando o que era em vida e o que é agora, pensei que estava melhor agora. Se viver é uma desgraça, e sei que é, matar outro ser vivo é uma bondade, é como dar paz de presente a um preso torturado e acorrentado pelo próprio instinto de sobrevivência, que o impede de dar-se esse presente por si mesmo. Por falta de coisa melhor, senti-me materialmente nobre pela obviedade do que pensei, guiado pela moral de máquinas de uma realidade sem coração; trocando em miúdos, mais idiotice. Peguei aquele saco de vísceras invejavelmente sereno, tirei-o do saco plástico e joguei-o em sua cova previamente abençoada pelo pastor do verdismo. Trouxe a pá e comecei a despejar terra sobre aquilo que logo servirá como adubo para meu pé de goiaba. Para não dizer que sua morte foi em vão, seu corpo teve duas utilidades, e por isso poderia até ser justificado ter morrido duas vezes. Foi uma cena patética, completamente desengonçada; quase caí de minha cadeira tentando equilibrar os bocados de terra sobre a ponta daquela longa pá. Terminada essa tarefa braçal, com a terra ainda macia, fiz um buraco nela com o cabo da pá, para que pudesse encaixar a muda. Busquei-a dentro do apartamento, removi o invólucro plástico que sustentava sua vida provisoriamente, como um órfão à espera de um transplante de existência; mirei bem e soltei a muda, que encaixou-se no buraco quase metafisicamente, como se a gravidade houvesse treinado isso muitas vezes. Bati a pá sobre a terra para firmá-la e dei por cumprido o meu trabalho. Retirei-me para o meu casulo; consegui dormir sem remédios, sentindo a satisfação de haver levado a cabo a coisa mais imbecil que já havia concebido.

VII

Sétimo dia depois da morte de meus sonhos. Plagiando a única coisa que possui idiotice à altura de meu ser, acendi um cigarro e apenas descansei; escorria no tempo com uma calma putrefeita que lembrava um coma de desilusão contusa; estava em perfeita harmonia com a idiotice que me rodeava, construída por minha própria desrazão. De um lado aquele rato cretino, vivendo de migalhas, sendo roubado por formigas e trancado em uma jaula, condenado a sofrer inutilmente porque seu dono o acha interessante; com sua cabeça oca que vive dentro de outra cabeça oca, sendo observada por ainda outra, a minha. Um salto mortal triplo de estupidez; três cabeças concatenadas para uma só idiotice; coisa de mestre. Do outro, uma goiabeira lançando raízes sobre um defunto canino descabeçado; imagino a angústia dessa árvore ao perceber que o seu destino é verdadeiramente mais cruel, vendo seu esforço ainda em vida ser consumido pela peste; adubada pela morte como uma sentença final à vida; nascida apenas para abrigar em seus frutos uma sociedade de vermes que rastejam imersos em seus próprios excrementos. Um dia ela murchará de desgosto, como eu; mas antes quero vê-la amarelar e dar frutos bichados; serão o meu *continuum*. Tudo sempre é mais simples que belo; minha intuição estava correta. Tudo me rodeava em imagem, semelhança e irrelevância, sorrindo-me uma tristeza sem cérebro. Mergulhei nesse instante como a única escolha possível a uma besta como eu. Em vez de viver, escolhi apenas fumar. Meditei nicotina e exalei tédio. Vi uma constelação de idiotices que babavam realidade em mim; senti-me guiado por um feixe de equívocos óbvios, eternos e incontornáveis; senti-me um erro de cálculo feito com caneta e plastificado, verdadeiramente iluminado pelo absurdo de viver equilibrado sobre um prego enferrujado e torto. Sou o Joe, o que mais poderia dizer. Somente nesse instante alcancei o sentimento oceânico de dissolver-me homogeneamente na trama desmiolada da existência. Estava de férias conscientes na inconsciência do mundo; essa verdade pregou-me ao mundo como uma flecha de burrice infinita. Acendi um cigarro e dormi para dentro de mim mesmo, como um cuspe que finalmente encontrou um sol sob o qual secar.

* * *

Segundo fim.

VIII

Oitavo dia depois da morte de meus sonhos. O amanhecer me aterroriza. Acordei com alguém batendo em minha porta. Sabia que um dia isso aconteceria; ninguém escapa dos tentáculos babosos da sociedade. É o que dá saberem que existo. Essa droga de inseto social me convocando a existir. Não me deixa murchar em paz, e ainda me estragou o sono, coisa pela qual certamente não vai se desculpar, mas eu o culpo como quem foi ressuscitado só para preencher formulários; essas vidas mais parecem malas-diretas de promoções de produtos que sobraram de um lote defeituoso. Fogem de si mesmos, e agarram meu pé para isso; querem escapar de suas vidas de merda borrando-me a consciência com seus pensamentos felizes e flatulentos, que causariam indigestão até em abutres. Esse sequestro existencial batendo em minha porta até agora; não parou ainda. Nem precisa identificar-se; sei muito bem quem é: outro idiota. Deveria ter pensado em instalar um encanamento alternativo para o esgoto, que o despejasse na visita quando aperta a campainha. Resolvi agir, ao menos para resolver a situação provisoriamente; dei-lhe boas-vindas no único estilo que conheço. Vi ao lado da porta uma tomada; era minha salvação; tirei seus parafusos com uma faca, descasquei a ponta do fio e puxei-o até a porta, enrolando-o na maçaneta.

[A. Pode entrar, está aberta.]

Ouvi um gemido, e depois silêncio. Ótimo. Pelo menos meu tédio não será duplamente aflitivo. Com o tédio de sempre, só que com um pouco de sono, acendi um cigarro e fiquei pensando na graça que é estar sozinho, consumido pela minha própria burrice e por ela apenas. Peguei meu bloco de notas; como ontem foi um dia muito especial, anotei tudo o que pensei em seu decorrer.

[07:01. Que droga.]
[07:05. Mas fazer o quê? Nasci.]
[07:32. Mais cigarros.]
[08:00. Fome.]
[08:05. Que preguiça.]
[08:30. Espero que a gastrite não ataque.]
[09:00. Nada para fazer.]
[10:00. A vida é uma grande merda.]
[10:20. O que faço para esquecer isso por hoje?]
[10:25. (...)]
[10:30. Café.]
[11:00. Ótimo, deu certo.]
[11:02. Vou regar a goiabeira.]
[11:45. Não, dane-se.]
[12:01. Cigarro.]
[12:30. Rato idiota.]
[16:30. Inteiro imundo e suado.]
[16:40. Tomar banho é uma droga.]

[17:00. Deveria comprar um ar-condicionado.]

[17:10. Estou fedendo.]

[17:30. Nada para fazer.]

[18:00. Mas que merda.]

[19:00. O tédio é uma condição fisiológica, mas os remédios para isso acabaram.]

[20:00. Ainda não tenho sono.]

[21:00. Essas horas passam, não passam, e ainda não tenho sono.]

[22:00. Já há uma ponta de sono, devem fazer efeito agora.]

[22:05. 3, 2, 2, 1, de cada.]

[00:00. Não consigo mais pensar, fez efeito.]

[00:01. Melhor ir deitar.]

Poucos dias são tão agradáveis, mas hoje tudo já voltou à mesma porcaria de sempre. Fiquei fumando; depois de tragar o maço todo, senti fome; vi-me forçado a sair em busca de provisões; outra missão numa guerra perdida. Três, aliás: comprar comida, remédios para dormir e mais cigarros; por capricho, acrescentei uma quarta, fazer com que cada uma delas tivesse algum proveito desnecessariamente estúpido. Como o rato ainda tinha comida, só coloquei um pouco de água para ele e também para minha goiabeira. Estava com muita coceira, então resolvi tomar um banho antes de partir à luta, mas um banho rápido; apenas enfiei-me debaixo de chuveiro com a água gelada e permaneci imóvel; contei cada fôlego, até contar cem. A coceira sumiu, mas minha roupa ficou molhada. Por sorte humanos não enferrujam, não literalmente, como minha cadeira. Passei rapidamente pela biblioteca para pegar café, pois aquela máquina o fazia incomparavelmente melhor que eu; logicamente, depois do primeiro gole perdi meu livre-arbítrio; vi-me fisicamente coagido a comprar cigarros: essa missão gritava maior urgência. Fui até o bar e me preparei para ser atravessado por uma rajada de misérias quaisquer, pois haveria interação. Mas o atendente não estava no balcão — estava jogando bilhar com outros bêbados. Viu-me, e mesmo assim continuou jogando, sabendo que não lhe daria muito lucro ao comprar apenas cigarros e fósforos. "Ele faz bem", pensei, "pois eu faria exatamente o mesmo se estivesse em sua situação". Olhando a parede, vi num panfleto que esse não era um jogo qualquer; entrei bem no meio de um campeonato, que estava na final. Quem sou eu para interromper um momento tão especial? Saquei minha bengala, fui até a mesa e empurrei uma bola para a caçapa. E quem são eles para interromper meu vício. Enquanto conseguia meus cigarros, concretizando o cumprimento da missão número um, aprendi muitos novos insultos, coisa que para mim não tem preço; nunca pensei que aprenderia algo frequentando bares; a vida e suas surpresas. Com a alma cheia de serenidade nicotínica, parti para a farmácia, acrescentando à minha intenção original alguns desígnios eivados de *nonsense*. Fiz o sinal da cruz antes de entrar nesse santuário: em nome do *blister*, da bula e do benzodiazepínico, amem. "O meu messias existe", pensei, "e funciona 24 horas". O mecânico veio atender-me rapidamente, perguntando que defeito minha máquina

apresentava. Disse que meu cérebro estava um pouco emper-
rado, e quase sempre afogava no processo de se desligar. Deu-
me o reparo bioquímico que esperava, o mesmo que sempre
usei para sanar esse meu defeito, que é leve, porém crônico.
Lembrando-me de meu intento de retirar algum proveito para-
lelo de cada missão, pedi também um frasco de iodo e outro de
amoníaco, componentes que, misturados, e bem empregados,
sempre resultam em alguma satisfação. Fui até o caixa despre-
ocupadamente, mas para meu desgosto tive de esperar que pro-
cessasse aquela enorme lista de reparos que a máquina à minha
frente precisava para continuar viva. Aquilo nem parecia uma
máquina, só uma gambiarra mantida junta por algum malaba-
rismo da medicina moderna, que insiste em bombear vida nes-
ses cacos humanos; deveriam logo receitar férias em túmulos,
pois pelo menos não entupiriam as filas desse santuário com
suas longas listas de soluções brilhantes para vidas inúteis. Até
um erro de cálculo feito pelo caixa, acrescentando um zero à
direita do total da compra, seria suficiente para matá-lo, pois
com certeza seu coração só está à espera de um pretexto qualquer para livrar-se da angústia de bater por esse monte de carne
semidecomposta; mas deixarei ao tempo a bondade de derrubar esse castelo de vento. Enquanto isso, serve como uma rica
fonte de pesquisa para os estudiosos da insensatez humana.
Pessoalmente, não consigo distinguir por que esse sistema já
condenado insiste em funcionar, mas também pouco me importa. O fato é que, em certo sentido, ele era meu inimigo; estava pilhando meu santuário sem qualquer motivo justificável.
Eu estava de mãos atadas, e via esse ser apodrecido pedindo o

impossível num ritmo tão incrivelmente lento que me fazia querer furar os olhos. Aquele corpo sem vida, aquela negação monstruosa da realidade deveria rezar logo para os deuses da próxima vida, não para o deus da minha; assim ao menos não me encheria de desgosto, coisa que visivelmente o caixa compartilhava comigo. Finalmente o velho partiu, com seus passos curtos e moles, rumando a uma morte previsível no sofá de sua sala enquanto assiste à televisão. Eu estava enfim diante do caixa. Peguei o dinheiro e o entreguei, pensando que seria simples assim; enquanto o pastor calculava o troco, tocou o telefone, e tive de esperar mais ainda. Como não gosto de desrespeitar os mantenedores do santuário, comecei a pensar naquelas notas que vi enfileiradas na caixa registradora. Levando em conta minha experiência de vida, acho que estaria devendo até as calças se minha vida fosse realmente uma conta. Felizmente em sociedade o que vale é o que temos no bolso, não na alma. Essa convenção chamada dinheiro é bastante brutal; como se com ela pudéssemos escravizar as demais pessoas, porém sem recorrer à violência explícita. Se tirasse do bolso um revólver ou uma violentíssima nota de cem, as consequências seriam exatamente as mesmas: submissão imediata. O papel-moeda sustenta a sociedade com a mesma crueldade da natureza, só que, em vez de sangue, escorre suor e humilhação. Vi o caixa tirar uma granada daquele arsenal; peguei-a e parti. Joguei o iodo dentro do frasco de amoníaco e deixei a reação seguir seu curso natural. Bem ou mal, a segunda missão foi executada; houve alguns imprevistos, mas tudo bem. Está feita e feita está, como uma poesia idiota. Restava-me colocar gasolina no estômago, mas não via diante de mim nenhum posto que dispusesse de combustíveis compatíveis com meu sistema, e não soube explicar o porquê; não sabia nomear o que desejava comer; senti como se meu cérebro estivesse grávido, ou algo assim, apresentando à minha consciência uma fome inespecífica, que nunca seria satisfeita com o *fast food* de sempre. Só faltava isso mesmo, fome metafísica. Bom, isso não é problema meu. Vou comer qualquer coisa, e o metabolismo que se vire. Decidi comer algo num *shopping center* próximo. Mas, antes de me dirigir à praça de alimentação, procurei uma loja na qual comprar um mata-borrão, pois imaginei que a reação do iodo provavelmente já estaria concluída. Aqueles pequenos grãos explosivos sensíveis a impacto eram uma verdadeira fonte de inspiração; diminutos cristais quase invisíveis que disparam como espoletas ao menor toque; mil e uma utilidades para isso quando se tem na alma tanta filantropia. Fui ao banheiro, despejei a solução no mata-borrão, deixando-a quase seca, sabendo que quando estivesse livre de umidade começaria a diversão. Minha primeira providência foi depositar um pouco dos cristais nas bordas das latrinas, mesmo ciente de que não estaria lá para ver a mágica acontecer. Aproveitando o ensejo, resolvi esvaziar a bexiga, experimentar alguma felicidade. Ao ver o líquido amarelo caindo na privada, sentindo a plenitude daquele alívio tão gratificante, pensei comigo mesmo: "ó, como somos felizes, nós, homens do urinol, desde que saibamos segurar a micção por algum tempo". Feito. Enquanto andava pelos corredores, vi um faxineiro; era ferramenta perfeita para infernizar a vida de todos os presentes. Ele molhava seu esfregão num balde de água encardida e depois limpava os arredores, abrindo-me uma janela de tempo para realizar um ato de sabotagem; passei discretamente e joguei os cristais no balde, certo de que o faxineiro cumpriria a tarefa de disseminá-los em pouco tempo. Feito isso, dirigi-me à praça de alimentação. Havia inúmeras lanchonetes; fui à que estava mais vazia e pedi o que estivesse em promoção. Chegou uma comida que não tinha cara da comida, mas gosto tinha, então serviu para meus propósitos imediatos. Acendi um cigarro e comecei a pensar na vida. Observava toda aquela gente passeando como baratas do consumo, salivando em frente a cada vitrine como se vissem dentro delas algo que pudesse salvá-las da miséria de suas vidas. Imaginei o que fariam se pudessem simplesmente entrar em qualquer loja e pegar o que bem entendessem. Diante dessa possibilidade, provavelmente correriam em desespero, enchendo as mãos de joias, eletrodomésticos e outras porcarias quaisquer; depois levariam isso tudo para casa, e repetiriam o procedimento por algumas semanas até perceberam que aquilo tudo não acrescentou nenhum pingo de satisfação às suas vidas; ficariam em suas casas entediadas, vendo naquele monte de produtos caríssimos uma prova de que seus sonhos valiam mais quando ainda não tinham se realizado; sentiriam inveja do tempo em que podiam andar livremente pelos corredores, cheias de ilusões, imaginando que a felicidade lhes sorria por detrás de cada mostruário, e a contemplavam como uma anestesia sempre à disposição para as dores e amarguras da vida. Se um dia quisessem ser felizes "para valer", sabiam que a felicidade estaria lá, toda brilhante e pronta para ser comprada a prestações bastante razoáveis. Para isso só precisam trabalhar bastante, acumulando dinheiro suficiente para que no futuro possam ter para si tudo aquilo lhes salvará delas mesmas. Porém, como nunca ganham muito dinheiro, nunca podem comprar muita coisa, e pensam que isso explica sua infelicidade. Para desiludir essas pessoas não seria muito difícil: bastaria dizer a elas que poderiam levar tudo o que quisessem das vitrines de qualquer loja, porém cumprindo a condição de pegar somente aquilo de que precisassem, ou que as fizesse felizes. Com um aparelho de alta precisão, seria medida a felicidade dessas pessoas, e assim elas seriam forçadas a admitir que não podem levar nada dentro das condições impostas; acabariam como eu, com um maço de cigarros no bolso, vestindo qualquer trapo que fosse confortável, e comendo lanches para permanecer funcionando. Obviamente, ninguém liga para os produtos em si, só para a felicidade que imaginam vir de brinde; por isso compram sempre que podem, acreditando que um dia levarão para casa um eletrodoméstico premiado com alegria, como quem ganha uma promoção de tampinhas de garrafa. Toda essa megaestrutura foi levantada pelo simples motivo de que só conseguimos gostar daquilo que ainda não temos; por mais inteligentes que sejamos, nossa natureza nos força a agir como idiotas, e, por isso, como qualquer idiota, fiquei feliz em ver toda aquela gente correr umas sobre as outras ao ver que o chão começou a explodir sem qualquer motivo aparente. Minha terceira missão estava cumprida, e tirei disso a máxima de que todos são idiotas até que se prove o contrário. Com os corredores vazios, o lugar ficou até agradável, embora não tivesse mais nada para fazer por lá. Com a sensação de dever cumprido, fui embora. Cheguei ao meu apartamento, e vi que sob a porta havia uma carta; nela um tal de Joe3 pedia que comparecesse à *Joe Street* n. 0 com urgência. Provavelmente foi esse demente quem me acordou, ou um serviçal desse demente, razão pela qual me disponho a visitá-lo e a fazê-lo pagar por isso. Mas hoje não será possível, pois estou com preguiça; farei isso amanhã, hoje não. Engoli um comprimido para me desativar. Até que fizesse efeito, fiquei brincando com o rato, cada vez mais açoitado pelas formigas. Senti que não conseguia mais pensar, e era esse o efeito que esperava.

IX

Sonhei que tudo estava negro; quando abri os olhos, começou o pesadelo: vi-me diante do **nono** dia depois da morte de meus sonhos. Hoje acordar foi fácil; não precisei elaborar alguma mentira aparentemente plausível para levantar-me da cama inutilmente, coisa que sempre termina com o feroz estrangulamento do bom senso. Como que agraciado pelo destino, acordei sentindo-me leve, vislumbrando um propósito bastante simples e válido como um fim em si mesmo: distribuir azedume. Acendi um cigarro e verifiquei que meu hálito estava insuportável; maravilha. Reguei minha goiabeira e comprei algumas castanhas; um pouco para mim, outro pouco para o Ni. Pensando em exprimir tal propósito azedo num contexto de altruísmo, e sabendo que hoje comemorariam no condomínio o dia da boa vizinhança, decidi antecipar minha contribuição pessoal ao evento; isso porque, pelo motivo que fosse, não poderia estar presente, coisa pela qual sou imensamente grato à minha sensatez. Seja aqui, seja onde for, mudam os nomes impressos nas cédulas de identidade, mas a sordidez das relações humanas permanece a mesma; as mentiras são particulares, mas a hipocrisia é universal. As pessoas tratam-se mal no convívio diário, mas recorrem uma às outras nos momentos de necessidade; anônimas como são, não perdem qualquer oportunidade de serem "heróis do cotidiano"; é sua única chance de brilhar na escuridão de sua mesquinhez. Tais festas tradicionais não ocorrem exatamente pela socialização em si mesma; nessas ocasiões tudo o que a maioria vê é somente um pretexto para se embebedar; sua bebedeira celebra a renovação desse contrato de ajuda recíproca, a mesma que rege as amizades e as relações em geral; a melhor definição que me ocorre disso tudo é algo como um seguro de vida cujo contrato é apenas verbal — e real e verbalmente nulo assim que um dos dois lados não se sentir suficientemente beneficiado pelo acordo, claro. Sinto-me nauseado ao imaginar toda aquela gente sem personalidade fingindo umas às outras, e sabendo disso perfeitamente bem; falta-me paciência para atravessar o dia todo comentando sobre minhas grandes insignificâncias, e ainda por cima ouvindo as delas, tendo que fingir que estou muito impressionado; nessas ocasiões, todos costumam se abraçar desnecessariamente, é horrível, e não tenho nojo apenas dos abraços em si mesmos, mas principalmente do que eles dizem implicitamente — que eu aceito esse acordo nojento. Diz-se daquele que não finge muito que tem uma "personalidade forte"; mas o fato é que qualquer personalidade é forte, desde que se tenha alguma. Tais seres abdicam de si mesmos porque precisam, não porque gostam disso. No dia a dia, para evitar reações, conservam o pH de seu pensamento neutro e saponáceo, cheio de simpáticas bolhas de sorriso. Consideram-se virtuosos como se fossem feitos de ouro, mas apenas porque esse é um metal macio e pouco reativo, que agrada a todos. Seja como for, não posso dar o que querem de mim, pois estou preso a uma realidade de aço forjado; contudo, levei adiante, e com a maior boa vontade, a minha modesta contribuição. Peguei alguns carvões da churrasqueira, depois os pulverizei e misturei ao fertilizante da goiabeira; como disse, não é grande coisa, mas a churrasqueira iluminará a ocasião com uma pequena performance pirotécnica. Isso enriquecerá a vida de todos os participantes, tornando-os o que querem ser: vítimas. Diante do espelho, as cicatrizes de queimadura farão com que se lembrem diariamente de que são os que sofreram e sofrem de boca fechada; é exatamente o que querem, sempre foi; são as eternas vítimas do mundo, coisa que as enche de orgulho, sem falar que isso lhes proporcionará um assunto sobre o qual falar sempre que não houver nada a ser dito. Estava feita a boa ação do dia; mesmo se descobrissem, aqueles velhos obesos sequer teriam fôlego pra me linchar. Vi uma jabuticabeira carregada num terreno do outro lado da rua e pensei em surrupiar algumas daquelas bolotas negras; estacionei-me ao lado da árvore e fiquei colhendo-as calmamente. Chegou aos meus ouvidos uma bela melodia, cuja fonte consegui identificar através de uma janela empoeirada; um vulto debruçava-se sobre um piano, dedilhando lágrimas sonoras; era a expressão visceral de algum sentimento bastante enérgico; senti-me envolvido, e comecei a comer as jabuticabas no ritmo da música; foram apenas alguns minutos, e aquela sombra partiu; fez-me esquecer do mundo por alguns instantes, e por isso lhe sou muito grato. Após esse momento, voltar à realidade foi quase um choque. Como sempre, o céu é o limite, mas o chão é o preço. Agora estava novamente reduzido à mais crua realidade, vendo-me atravessado pelo absurdo da existência com um punhado de jabuticabas nas mãos. Voltei ao apartamento sentindo-me um pouco vazio; isso evoluiu para uma angústia de solidão e de abandono; depois a um desespero sem causa, uma repentina insatisfação com a minha condição; estava tenso como um elástico levado até sua extensão máxima e prestes a romper-se em minha testa; era uma ideação suicida configurando-se diante de mim com a clareza precisa de um relógio suíço que me dizia que era hora de partir. Comecei a suar frio e a sentir um gosto metálico; minha vida claramente era um erro; sempre foi, e eu sempre soube disso. Novamente a questão do sentido da vida; tais questões sempre me inquietam por algum motivo que nada tem a ver com a questão em si. Sempre soube, pelo menos intuitivamente, que as coisas são assim, todas ocas, e isso nunca me incomoda muito, exceto nessas situações peculiares em que me vejo tentado a pular fora da existência. "Quem mudou fui eu", pensei, "não a realidade, que é sempre essa mesma merda uniformizada pela física". Dividido entre minha subjetividade e a realidade, fico sempre com a segunda, pois o fato é que só confio naquilo que não tem umbigo. Guiado por tais elucubrações idiotas, deitei a cabeça sobre a mesa e relaxei o olhar, abandonando-me à letargia; visitava-me a todo o momento algum pensamento que simpatizava com a extinção voluntária. Sentime absurdo no pior sentido possível; ridículo. Dei uma testada na mesa, coisa que não serviu para nada, senão distrair uma dor psicológica com outra física. Sei como a realidade é, sei como a realidade não é, e isso pouco tem a ver com o fato de a minha vida ser miserável. Isso deve ter alguma outra explicação. Estendi o braço e vi a data de validade daquela embalagem vazia; estava vencida. Compreendi que essa angústia metafísica sucedeu em mim porque comi castanhas azedas. Nesse momento vislumbrei com perfeita clareza a origem da metafísica, na qual dei descarga depois de alguns minutos. Passada essa crise existencial ocasionada por uma leve intoxicação alimentar, vi tudo voltar lentamente à sua desordem natural, e a questão toda já não me afligia. "Quantas boas ou más digestões", pensei, "não foram as verdadeiras mães dos maiores blablablás filosóficos". Minha maior objeção ao suicídio é que ele dá muito trabalho; tenho preguiça; seja como for, se hoje houvesse me matado, sem dúvida me sentiria mais justificado pela indigestão que por qualquer lero-lero de metafísica transcendental; o Ni também estava um pouco abatido, e talvez pelo mesmo motivo. Fosse como fosse, tendo à minha frente apenas aquele pote de veneno, usá-lo não teria sido uma escolha muito inteligente; ficaria sendo amolado pelas sirenes de emergência biológica até finalmente meu corpo render-se às bactérias; seria mais sensato simplesmente saltar de um terraço, dar um tiro na cabeça, roubar uma dose de morfina; qualquer uma dessas opções me teletransportaria ao universo da inconsciência, à terra natal da qual sinto tanta saudade desde que nasci. Novamente saudável, morrer deixou de ser uma opção viável. Isso significava que precisava agir antes que o tédio caísse sobre minha cabeça como o míssil fecal de um pombo ontológico. Como não tinha nada decente para fazer pelo resto do dia, fui à *Joe Street*, mas sem qualquer urgência. Peguei um táxi e fui observando pela janela as cenas urbanas que se desenhavam diante de mim; a cada segundo, uma situação diversa; dentro de cada circunstância, um universo em miniatura ao qual alguém dedicava toda a sua vida; todos pequenos Joes vivendo sua loucura particular, sentindo-se o centro do universo, e pensando que o resto do mundo os ignora por vários motivos, todos eles idiotas. Atravessar a cidade dentro de um carro é como um *tour* pela natureza humana, em sua efervescência de bizarrices e irrelevâncias anônimas. Vi que a paisagem diante de mim parou de mover-se; estava agora circunscrito a um universo particular dentro de milhares de outros possivelmente mais interessantes, mas que não tinha tempo para investigar pessoalmente; tive de apostar. Paguei o taxista e desci; naquele endereço havia uma verdadeira mansão, com dois andares; ocupava um quarteirão todo, e provavelmente sem nenhum motivo lógico além da obesidade de uma conta bancária. Vi altas grades muito bem ornamentadas, e confesso que de bom gosto, cheias de pontas que feririam seriamente qualquer invasor; através das barras vi um belo gramado, atravessado por um corredor de concreto que conduzia ao interior daquele hexágono particular dentro da colmeia humana. Não ficou exatamente claro do que se tratava. Apertei a campainha e apresentei-me, dizendo que havia sido convidado por Joe3. O recepcionista disse que já havia comunicado a minha chegada, e que poderia me acomodar na sala de espera, à qual cheguei sem muita dificuldade. Vendo que havia café à disposição, dispus-me a bebê-lo todo, fumando até que a sala inteira ficasse esbranquiçada; como era o único presente, ninguém me incomodou; a solidão sempre se mostrou compreensiva aos meus vícios. Vi na parede uma frase motivacional otimista; por mim, tudo bem; não tenho preconceito contra tais superstições; pessoalmente, prefiro café. Os homens são exímios negadores de si mesmos, e esses chavões de consolo provam-no muito bem — são praticamente a chave para entendermos a essência de nós mesmos, de tudo o que nos move e de todos os assuntos em relação aos quais precisamos mentir. Basta invertê-los para que se chegue à verdade mais profunda a respeito de nossos abismos mais asquerosos. Se pegássemos um livro qualquer de autoajuda e colocássemos um *não* no começo de cada frase, teríamos um verdadeiro tratado da natureza humana, isto é, um eficientíssimo vomitivo. Quando ouço, por exemplo, que "nenhum ser humano é uma ilha", não me resta senão a educação de manter silêncio ante essa lorota, pois deve ser necessária àquele que a propala — e por isso não aceitará ser desmentido antes de uma bela briga na qual não tenho o mínimo interesse. Não carrego paciência para educar os indivíduos sobre si mesmos; se querem e conseguem enganar-se, sorte deles; não desperdiço saliva com isso. Sei muito bem que somos ilhas, e sei também que ninguém se daria ao trabalho de negá-lo se isso não fosse importante para a manutenção de alguma crença irrelevante. Não preciso sequer buscar provas disso, pois as altas grades que rodeiam este lugar retratam perfeitamente bem o que pensamos de nós mesmos: somos farsantes, golpistas disfarçados. Levantamos cercas ao nosso redor porque sabemos que estamos cercados de ladrões. Se seres humanos não são ilhas, a única explicação possível é que agora se lançaram mar adentro em navios piratas, sendo essa a razão pela qual nos protegemos cada vez mais uns dos outros. Se vez ou outra nos avizinhamos, é sempre porque precisamos de algum favor, e isso é basicamente tudo. Sinto como se precisasse usar luvas quando me relaciono com outros seres humanos, exatamente por saber como sou, como todos são, e como o negamos descaradamente. Não um continente, somos um aglomerado caótico de ilhas que se oprimem; precisamos uns dos outros, porém por motivos que nos enojam. Detestamos isso tudo, e no processo ridículo de fingir o contrário só ilustramos ainda melhor nossa capacidade de mentir, de iludir, de tirar proveito da burrice, inclusive da nossa própria. Basta possuir meio neurônio para perceber que a humanidade vive num conto de fadas. As pessoas se amam — o que isso quer dizer? Para mim, nada; é mais uma dessas coisas que esperamos que façam sentido, mas que nunca investigamos a fundo porque sabemos que não faz nenhum. Se alguém gosta de nós, as opções são duas: está iludida ou está nos usando; diante de uma verdade tão evidente, até o 1+1=2 parece duvidoso. Ser feliz — o que isso quer dizer? Nada; absolutamente nada; ser feliz é dizer que somos felizes, porém sem entender que isso não diz nada, uma qualificação oca, como afirmar que o som de um trombone é azul. No fim das contas, só damos importância aos nossos umbigos, mas essa miopia não ultrapassa nossas ilhas; assim, ao falar de nós mesmos, falamos sozinhos, porque somos uma ficção de nós mesmos, e também porque ninguém ouve; e, se ouve, tanto faz, porque também não entende; ainda assim, se entendesse, apenas nos cuspiria ao rosto, e com razão. Tudo se resume uma idiotice sem tamanho da qual perdemos a oportunidade de rir porque somos a piada. Sabemos que não há saídas, só utopias. Mas mesmo assim, mesmo que todos sejam maus e egoístas, mesmo que nos embrenhemos em palermices estapafúrdias para negá-lo, no fundo há uma exceção, uma esperança, uma verdade, um porém, uma luz, um caso à parte: o nosso umbigo. Somos diferentes e especiais, o sal da terra, piolho que se arma de equívocos para fazer a diferença, como quem tem olhos apenas para ser míope. Sonhamos para justificar nossos esforços, e sonhar é pensar que somos aquilo que não somos. Assim vivemos, todos iludidos, cegos, retardados e desesperados, sempre angustiados por sermos incapazes de transpor esse abismo imaginário que nós mesmos inventamos. Refleti demoradamente sobre tais demências inócuas, com os olhos fundos e relaxados, quase esquecido de mim mesmo; quando dei por mim, percebi que já havia se passado um bom tempo desde minha chegada, e ainda nenhum sinal de vida; não que fizesse questão de alguma presença, mas, se fosse apenas para devanear sandices, teria ficado em meu apartamento; estava ficando aborrecido; porém, em cerca de meia hora vi aproximar-se um sorriso profissional envolto por um ser humano.

[A. Seu nome é Joe?]
[B. Não, é Napoleão Bonaparte; reencarnei.]
[A. ...]
[B. ...]

Agora murcho, aquele sorriso disse-me que Joe3 estava pronto para me receber, e que me guiaria até sua sala. Atravessei um longo corredor penumbroso, no fim do qual havia uma porta que certamente era feita de mogno, madeira sem dúvida bela, ainda mais quando bem envernizada; se essa porta era uma forma educada de isolar-se do mundo ou um cadáver vegetal, isso depende do ponto de vista; para mim, ambas as definições são dignas de algum apreço. Entrei na sala e vi uma escrivaninha também de mogno, sobre a qual havia apenas uma folha de papel. Por detrás dela havia uma grande estante com muitos livros; por serem livros grossos e feios, presumi que seu conteúdo deveria ser interessante; pensei em pedir permissão para consultá-los mais tarde. A sala era muito bem acabada, inteira branca, com móveis de primeira, como penso que toda sala deveria ser, havendo dentro dela somente o necessário, e que esse necessário fosse de bom gosto. Fora isso, não havia nada, só um quadro de van Gogh e um cesto de lixo muito bem alimentado. Sentado numa cadeira de luxo, por detrás da escrivaninha, alguém visivelmente preocupado com meu estado esboçava felicidade em ver meus olhos abertos, como se tivesse planos para eles. Não o culpei por sua ignorância. Presumivelmente, só queria se ajudar imaginando o que seria me ajudar, o que me colocava numa posição proveitosa, com um empregado voluntário a meu serviço por alguma abstração moral que provavelmente o fazia bem, mas incluía algumas restrições que não me seriam muito bem-vindas. Envoltos pelo brilho místico das explicações e dos consolos nos quais nem eles próprios acreditam, vi dois enfermeiros materializarem-se diante de mim; a situação estava clara: era uma intervenção divina. Então tive de me lembrar dos sintomas que deveria descrever ao tipo de indivíduo limitado por escrúpulos morais. Falei a verdade. Isso imediatamente despertou uma reação no indivíduo, que acrescentou às minhas veias o efeito que desejava. Dormi pensando em como sou idiota. Acordei entediado. Continuei dizendo a verdade. Estava ficando divertido; ganhar sedativos nunca faz mal. Despertei mais tarde, e não ouvi barulhos ou ruídos de humanos atrás de detalhes que os fariam rir se tivessem algum senso de humor ou de sanidade. Passei os olhos pelo cômodo em que me encontrava e não localizei nada que me cativasse a imaginação; havia apenas um folheto pregado à parede informando os horários em que se servem as refeições. Senti-me oprimido pela vacuidade da circunstância em que me vi existindo; o tédio é uma séria ameaça quando acordamos em plena madrugada num quarto vazio sem nada que possa ocupar os neurônios. Não pensei em tentar dormir novamente, pois isso simplesmente não acontece. Meu ciclo circadiano já pegou a tangente há muitos anos. Mesmo assim, não penso nisso como uma desvantagem; sempre vivi assim, sem qualquer padrão, fora de sincronia com a radiação solar, e isso nunca me trouxe problema algum; não vejo por que viver de outro modo me traria benefícios; pelo contrário, deixar-me escravizar por relógios só povoaria minha consciência com ainda mais tormentos gratuitos e inúteis. Observando esse folheto, parece-me incrível que sejamos supersticiosos até para com o sono, priorizando a obediência a ponteiros em vez do descanso. Horários para isto ou aquilo são crendices herdadas dos homens da Idade da Pedra. Durmo quando tenho sono; acordo quando perco o sono; não há mais nada na equação. Acreditar que haja necessidade de dormir durante a noite e de permanecer desperto durante o dia é coisa de quem ainda não entendeu para que servem lâmpadas. Após esgotar o que aquele folheto poderia me oferecer em termos de distração intelectual, vi-me encerrado num espaço oco e hostil ao pensamento; estava demasiado sóbrio para permanecer inerte em meu leito. Precisava agir, ou o tédio me desmembraria rapidamente como um açougueiro da consciência. Aqui dentro não há nada, então a única opção é o fora. Arrastei-me à minha cadeira e saí furtivamente pelos corredores; estavam vazios, mas fui rapidamente interceptado por algum serviçal que consagrou sua existência toda à honrada tarefa de supervisionar carcaças noctívagas errantes.

[A. Retorne ao seu aposento.]
[B. Preciso de um bloco de notas para continuar escrevendo; é minha terapia.]
[A. Aqui está.]
[B. Espere; o que é isso em sua roupa? Ah!... é o sentido da vida; agora voou; que pena!]

Isso imediatamente despertou uma reação no indivíduo, que acrescentou às minhas veias o efeito que desejava. Voltei ao meu aposento, entrei num túnel de luzes e apaguei lentamente, como se estivesse morrendo. Um ruído repetitivo e incômodo de gotas me acordou. Alguém visivelmente preocupado com meu espírito chorava por mim, esboçava melancolia em ver meus olhos abertos, como se tivesse planos para eles. Não o culpei por sua ignorância. Presumivelmente, só queria se redimir imaginando o que seria me redimir, o que me colocava numa posição proveitosa, com um empregado voluntário a meu serviço por alguma abstração moral que provavelmente o fazia bem, mas incluía algumas restrições que não me seriam muito bem-vindas. Envoltos pelo brilho místico das explicações e dos consolos nos quais nem eles próprios acreditam, vi dois anjos corporificarem-se diante de mim; a situação estava clara: o céu existe. Então tive de me lembrar dos sintomas que um defunto fresco deveria descrever a beatos imateriais limitados por escrúpulos morais. Falei a mentira. Isso imediatamente despertou uma reação no fantasma, que acrescentou ao meu espírito a bem-aventurança que desejava. Dormi pensando em como sou idiota. Acordei entediado. Continuei mentindo. Estava ficando divertido; ganhar bem-aventurança nunca faz mal. Despertei mais tarde, e não ouvi barulhos ou ruídos de anjos atrás de crendices que os fariam rir se tivessem algum senso de humor ou de santidade. Pensei em ler; parecia improvável encontrar algo nesse covil de acefalia, mas, quando alguém quer ler, até hologramas se mostram prestativos por toda a lavagem cerebral que sofreram com propagandas religiosas. Vi aproximar-se de mim um anjo sorridente com papel higiênico encadernado nas mãos.

[A. Aqui está o livro que solicitou.]
[B. Obrigado, entidade cintilante semitransparente. Posso pedir um favor?]
[A. Pois não; minha especialidade são pedidos irrelevantes.]
[B. Já que bati as botas, gostaria de aproveitar a oportunidade para ter minha cópia autografada; pode levar-me ao seu superior?]
[A. Deixe-me ver; aguarde um instante. Infelizmente seu pedido não consta em meu *script* de filantropias gratuitas; não estou autorizado a abandonar meu posto de recepcionista de fantasmas bípedes recém-chegados de seu êxodo espiritual.]
[B. Tudo bem; ao menos diga onde posso encontrá-lo.]
[A. Isso é fácil; está vendo aquela jumenta inspirada? A partir dela, conte três nuvens, vire na próxima à direita; flutue mais cinco nuvens; haverá uma encruzilhada com dois arbustos flamejantes, mas só um deles fala, e esse indica o caminho correto. Continue nessa trilha até sentir um mau cheiro; são de cérebros necrosados. Siga o fedor e chegará ao Éden; aproveite para comer alguns de nossos famosos frutos proibidos caramelados; são nossa especialidade. Conte cem passos a partir da árvore do conhecimento, e logo verá um prostíbulo; aproveite para comer algumas de nossas famosas virgens imaculadas; são outra especialidade. Bem ao lado, à esquerda, haverá alguns latões de lixo, e depois uma escada dourada com uma luz bem ao fim; é

o firmamento. Boa sorte!]

Ao longo do percurso, cometi os pecados sugeridos, e devo acrescentar que com algum proveito; maçãs e himens de primeira. Feito isso, subi a escadaria que conduzia à muitíssimo bem iluminada residência do maior perdulário da existência, e lá estava Joe4, criador dos céus e da terra, deitado numa poltrona, tirando remelas do nariz e coçando a barba.

[A. Então foi o senhor que criou essa existência sórdida e inútil, e inspirou esse amálgama indecifrável de mitos; fez-me nascer naquele mundo estúpido, e logo agora que havia conseguido encontrar um cantinho aconchegante, apareço nesse antro de beatos afeminados. Não tem nada melhor para fazer? E não precisa me perdoar, porque sei o que digo.]
[B. Isso era sua missão.]
[A. Missão? Tenha dó; não me venha com essa de missão existencial; o senhor não sabe do que está falando; não sabe nem escrever; inventou essa coisa de sentido existencial para se desculpar por sua falta de criatividade.]
[B. Tudo será revelado em sua devida hora.]
[A. Já morri; falta o quê? Ficar puxando seu saco?]
[B. É.]
[A. Mas nem morto.]
[B. Você já está morto.]
[A. Mate de novo então.]
[B. E eu, como fico?]
[A. Ora, isso é problema seu; compre um barbeador e vá para

o inferno, seu velho decrépito.]

[B. Já estamos nele; o inferno é a eternidade.]

[A. E esse céu serve para quê? Terapia ocupacional de idiotas desencarnados?]

[B. É. Ficamos apostando entre nós sobre qual humano descobrirá a verdade; você foi até rápido; precisou de apenas uma encarnação. Aqui chamamos os homens de Joes; aposte num deles, relaxe e aproveite; todos concorrem a brindes.]

Nisso se aproximou um anjo sorridente.

[A. Viu, Joe4? O Joe que escolhi ganhou!]

[B. Realmente; merece uma recompensa, caro anjinho; ganhará asas com voltinhas especiais.]

[A. Quantos Joes ainda faltam para eu poder ir à Terra, lá onde todos são felizes?]

[B. Acerte mais cinco Joes e ganhará um vale-encarnação.]

O anjo partiu com sua expressão de felicidade bovina, lendo o manual de instruções para a instalação de suas novas asas.

[A. Pelos céus da sandice infinita! Até os anjos são retardados!]

[B. Claro, anjos inteligentes ficariam dando palpites; mas falemos do seu caso; não está curioso sobre como anda sua goiabeira e seu rato? Estão aqui na tela; tudo ao vivo.]

[A. Havia então uma quarta cabeça oca observando tudo; foi um salto mortal quádruplo.]

[B. Nada mais justo; fui eu que criei a gaiola; a humanidade são meus ratinhos.]

[A. Era só o que faltava, Joe4 existir, e ser outro idiota!]

[B. Ora, não faria o mesmo se estivesse na minha situação? Criei o mundo para me distrair, e de que isso me serviu? Agora tudo o que tenho é essa humanidade inteira rezando para eu salvá-la disto e daquilo, como se o tédio de ser eterno já não bastasse.]

[A. Isso é problema seu; já disse; pare de lamuriar e faça alguma coisa, seu beato ignorante; como administrador nunca serviu para absolutamente nada: é um inútil até para si mesmo; não sabe sequer criar ratos interessantes. Sua eternidade é como uma burrice que amaldiçoou a si própria. Quer um conselho? Crie um cérebro e use-o.]

Disse somente o necessário; mantive a educação, sempre mantenho; sou um fantasma decente; ele não. Dei as costas e parti em busca de uma companhia mais agradável; deve haver por aqui algumas almas pensantes. Comecei a descer a escadaria em direção ao prostíbulo; a caminho, pude ouvir um som grave e abafado, e imaginei os miolos de Joe4 espirrando no firmamento. Acho que entendeu; uma metáfora sempre deixa as coisas claras. Assim que a inteligência se fez, a luz se desfez; abriu-se um negro abismo sob meus pés; comecei a cair; caía cada vez mais rapidamente, até que tudo ficou claro. Há mais respostas numa bula que em qualquer biblioteca, e mais fatos também, e todos sabem disso aqui no hospital psiquiátrico *Unjoe*.

JOE

[A. Enfermeiro, parece que meu umbigo voltou ao lugar! Eu finalmente vi a luz — ela é 220v!]

X

Décimo dia depois da morte de meus sonhos. Completamente sedado; meu cérebro está desativado, que maravilha; *no brain, no pain.* A felicidade de ser um vegetal absolutamente inútil e inerte. Encontrei o sentido da vida, e nada mais pedia da existência, senão continuar dopado indefinidamente até meu sistema orgânico entrar em colapso por causas naturais e conduzir-me ao nirvana inexistencial. Como todo bom rato, comecei a explorar as possibilidades que o ambiente me oferecia. Pela manhã dediquei algumas horas a recortar um buraco em meu bloco de notas, para fins posteriores; recebi algumas advertências do enfermeiro pela sujeira. Retribuí com um sorriso e mandei-o repregar as ferraduras. Terminada a preparação, lancei-me mar adentro. Rastejei pelo local em busca de algo que me cativasse a imaginação. Procedi com bastante cuidado, pois me observavam os jumentos do sorrir. Após me desviar das ratoeiras, encontrei um armário com inúmeras substâncias dignas de nota, e coloquei-as todas dentro do bloco de notas, com a avidez de quem se completa negativamente. Missão cumprida; lá estava a conclusão; restava apenas prová-la. Detalhe após detalhe, erro após erro, anotei tudo o que havia vivido desde a morte de meus sonhos, e comecei a trabalhar em cima disso, buscando teorizar um pretexto teleológico qualquer que me parecesse suficientemente plausível para justificá-la. Andava em círculos; para cada dor, um alívio; para cada saber, um esquecimento; para cada lucidez, uma desrazão. Mantive uma proporção perfeita entre idiotia e anestesia. Calculei cada rima do estéril, cada estrofe do estúpido; metrifiquei o absurdo com a precisão do desgosto e a clareza da náusea. Matemático da demência, desenvolvi a equação do acaso e cheguei a nada. Profeta do tédio, ídolo dos jumentos, teórico da sandice, porta-voz do ridículo, inspirado pelos céus da inanidade, meditei e encontrei no sarcasmo minha salvação. Fiz-me parte do problema como um lixo que recicla a si próprio e se deixa espalhado pelo chão; mais um palhaço pavimentando a estrada do nada que conduz ao equívoco. Página após página, revisei tudo lenta e burramente; foi uma longa releitura para me certificar de que o resultado final seria um grande erro de cálculo que se soma e subtrai repetidamente até que o tédio se insira positivamente como o ato criativo de um asno dionisíaco. Tudo era música, e mantive um exato equilíbrio em fazer minha vida soar e dissonar, criando uma melodia que não dizia absolutamente nada. Preso ao lodo do mundo, respirava o hino da asfixia. Senti-me pleno, plano, raso, burro, clímax do nulo, arrebatamento do absurdo, luz no fim do esgoto, correspondência exata entre realidades imaginárias que se ridicularizam pelo mesmo erro. Fui até o banheiro, olhei-me no espelho e disse: "eis o asno! Tornei-me aquilo que sou!" Gota após gota, minha desrazão espumava, fazia da consciência uma represa de sandice, e nela chafurdava minha demência. Ria de mim mesmo como quem se conta a piada do sentido da vida. Seduzido pelo espelho do despropósito, percorri o descaminho, disposto a continuar devaneando banalidades pelo resto da vida. Bom demais para durar muito tempo. Fui visitado por Joe3 para uma avaliação clínica de minha saúde mental.

[A. Seu nome é Joe, correto?]

[B. Não, é Napoleão Bonaparte; reencarnei.]

[A. Diga a verdade, Joe.]

[B. Para encontrar a verdade basta olhar-se num espelho, cuspir e lamber.]

[A. Pare com seus gracejos; pelo que observei, o senhor não exibe quaisquer traços de insanidade; não vejo por que deveria permanecer internado; finge-se, mas não está louco.]

[B. E quem disse que estava?]

[A. Não posso revelá-lo.]

[B. Pois nem precisa; sei muito bem quem foi: outro idiota, assim como o senhor, por haver acreditado.]

[A. Sua internação claramente foi um equívoco. Recolha seus pertences e parta assim que estiver disposto.]

Não estava disposto; fui catapultado do firmamento como um pedaço de refugo biológico parasitário, mas tudo bem; cedo ou tarde descobririam; naquele sistema minha expulsão era previsível como uma engrenagem de relógios humanos programados para colocar carcaças anônimas na enxada. Ainda assim, estava desapontado pela deportação tão prematura. Peguei um último café na sala de espera, respirei fundo e repeti meu mantra de serenidade: a vida acaba, a vida acaba, a vida acaba; não funcionou; porém, vendo meu bloco de notas recheado de guloseimas, recuperei as esperanças. Cocei a cabeça e empurrei minhas rodinhas para fora daquela sanidade. Novamente, lá estava eu, no meio do nada, colocado à parte da enfermaria antes do tempo; não me restava muito a fazer, senão ensinar-me os sintomas de minha doença. Excetuando-se o detalhe de que nunca me ensinaram a decompor, era tudo o que precisava, ou o que deveria precisar caso não precisasse de nada e me faltasse a efervescência das bactérias decompositoras. Peguei um táxi; comecei a pensar no beco sem saída que é a vida. Para que se vive, senão para perpetuar o mesmo erro, geração após geração, como quem aprende que a verdadeira lição é jamais aprender e nunca desistir em falhar. Observava as ruas que escorriam diante de mim; perambulavam pulgas vivendo seu anonimato celestial, demasiado tudo para não ser nada. Todas sugando sangue uma das outras para aliviar a anemia que é estar vivo em busca de um sentido que aponta para o esgotamento; todas se sonhando o âmago de uma existência que não tem nada por dentro; todas se sentindo acima de uma realidade que não tem nada por baixo; todas com suas verdades, todas com suas óticas, seus discursos, suas ideologias, seus umbigos. Levantamos nossos ideais raquíticos, lançamo-nos ao sonho de batalhar por uma prosperidade epilética que só faz multiplicar cemitérios. Ali na esquina vejo um Joe mentindo para outro, para impressionar um terceiro Joe sobre quanto é superior a um quarto idiota; fato após fato, somos todos ocos, plágios descarados uns dos outros, distinguindo-nos por letras enfileiradas em cédulas de identidade estandardizadas. Nomes próprios são para individualizar nossos ridículos. Joe não é meu nome, é nossa sina. Representantes do inútil, executivos da falência, prefácios da bancarrota. Corremos todos sozinhos, todos Joes com outros nomes para um mesmo fado; sinônimos supérfluos para um só dissabor, essência multicor da mesma escuridão que nos sufoca. Cuspidos no agora como uma necrose de ventres, condenados a um presente que se esquece na esperança de um futuro que não virá. Improvisamos uma farsa que jamais se desmentirá até que o tempo nos vomite da existência; não confessaremos nenhuma verdade, escudaremos todas as mentiras, até o dia em que os recém-nascidos comecem a se enforcar com seus próprios cordões umbilicais por nojo do que os espera. Finalmente o taxista chegou à farmácia. Como de costume, comprei somente o necessário para conseguir dormir; depois informei as coordenadas do meu hexágono. Ao chegar, já era um pouco tarde, mas o bar ainda estava aberto; providenciei um pacote de castanhas vencidas, cigarros e fósforos. Ao adentrar no condomínio, percebi que alguém havia quebrado minha goiabeira; ao adentrar no apartamento, percebi que o Ni havia sido devorado pelas formigas. Sorte deles; estão melhores que eu, que não durmo. Regurgitado dos céus da nulidade, estava de volta à vida de sempre; não tinha sequer meus passatempos desmiolados para distrair-me de minha inutilidade cotidiana. Fiquei lá parado, vendo a cena como um robô idiota que contempla o próprio fracasso; a passagem estática do tempo criava em minha consciência uma aflição seca e constante como uma queimadura. Não estava triste pela perda, mas pelo tédio que se segue; senti-me aliviado por vê-los mortos, por saber que estavam livres da pena de existir. Antes que começasse a feder, resolvi sepultar meu roedor, a única amizade sincera que encontrei na existência. Já era bastante tarde, então presumi que não me incomodariam presenças humanas com suas irrelevâncias verborrágicas. Peguei a pá, coloquei a gaiola no colo e fui ao local em que havia plantado a goiabeira. Removi o que restava da muda; improvisei uma pequena cova, profunda o bastante para acomodar ambos os cadáveres; sepultei-os no anonimato do pó de que somos. Fui até a churrasqueira do condomínio, peguei o pacote de sal que lá havia; despejei-o sobre a cova para que nada mais crescesse naquele local; bondade. Depois me dirigi à piscina para fumar, e nela ver o reflexo de um acaso que não soube sequer conduzir-se interessantemente. Começou a chover; tudo bem; um emaranhado tão intrincado de erros não se dissolverá tão facilmente. Construí sonhos; ruíram; construí desilusões; ruíram. Dia após dia, nada; nenhuma novidade; tudo se segue, tudo se maça, se engole a seco; vultos, dissabor, palidez. Nenhuma decepção me surpreende; nenhuma ilusão me abraça; sempre assim, embotado pela incapacidade de ser ridículo às avessas; pétreo, negro, frio, meio-termo entre um fósforo riscado e outro molhado. Não me indigno; entendo. Não pode ser problema aquilo que não tem solução; a isso somente se dá as costas. Não carrego culpa de nada, só cansaço de tudo; de respirar, de suspirar, de repetir, de insistir; sem uma correnteza contra a qual nadar ou à qual me abandonar; nesta poça de humilhação em que nos debatemos para não nos afogarmos naquilo que somos. Aconteço e vejo-me acontecer como uma história desinteressante. Não solitário, porém tampouco acompanhado; exilado de possibilidades que não sejam erros estúpidos e previsíveis; preso a motivos que não passam de pretextos para mais dores; educado com explicações que não dizem nada. Se pudesse ser outra coisa, não seria; não quero mais asfixia. Vontade de viver, essa obesidade ontológica de querer existir... Desola-me o que sou; consola-me não ser mais nada. Acabou este cigarro. Os fósforos molharam-se. Fui à churrasqueira buscar algo para acender o próximo; havia fósforos e a atenção de algumas sombras cotidianas; ouvi-as, perdi-me; verbos que me degredam; palavras que me estilhaçam a consciência; a história é sempre a mesma.

[A. Você tem horas?]
[B. E quê?]

O fôlego será para o cigarro. Voltei à piscina; respirei silêncio por alguns minutos; voltei a existir. Pensei em meu passado, em meus sonhos, aquelas velharias; pensei em meu futuro, aquela cova um pouco mais profunda; pensei em meu presente, náusea entre eternidades que se espalmam. Por ora, mais nada; deixo-me em paz. Já há uma ponta de sono; retiro-me ao meu apartamento.

XI

Último dia depois da morte de meus sonhos. Lavei o rosto, bebi café, acendi um cigarro; como sempre. Coloquei os pacotes na mesa; abri-os e organizei tudo como gostava; o lápis e a caneta à direita, a borracha à esquerda, o bloco de notas ao centro, e o restante acima do bloco, até ser usado ou ter outro local mais apropriado. Era um vício ser tão detalhista, mas as coisas funcionam melhor assim. Coloquei o chapéu; comi as castanhas. Abri o bloco de notas; analisei a narrativa que havia esboçado enquanto estava no sanatório. Pensei como concluí-la. Ocorreu-me o óbvio. Coloquei um ponto final e assinei. Não ficou bonito, mas me tornava identificável. Era o fim da história de uma insônia que fatalmente se encontrava com ampolas de morfina; sua princesa intravenosa. As castanhas logo fizeram efeito; não foi preciso esperar muito. Comecei a suar frio e a sentir um gosto metálico; castanhas e autoconhecimento; metafísica e ideações suicidas. Era uma janela de tempo; bastava. Peguei o pacote da farmácia; abri as ampolas que havia escondido dentro do bloco de notas; li as informações que constavam na bula e calculei as proporções adequadas. Procurei uma veia; empurrei o êmbolo; acendi outro cigarro. Uma felicidade provisória instalou-se em minha mente; vi o mundo voltar a fazer sentido, como se tudo estivesse novamente em seu devido lugar. A velha trancada em sua casa, esperando a morte enquanto assistia às suas novelas vulgares; os caixas de supermercado devidamente longe de mim; e eu esperando a noite com o coração cheio de esperança nicotínica. Aguardava ansioso pelo momento em que regressaria ao universo da inconsciência, à terra natal da qual sinto tanta saudade desde que nasci. Pela primeira vez, tive serenidade suficiente para olhar-me no espelho sem me enojar. Pude enxergar uma sombra humana, e nela a clareza precisa de um relógio suíço.

[A. Joe, você tem horas?]

JOE

[B. Não, só alguns minutos.]

* * *

Terceiro fim.

Deus, religião, moral, origem e sentido da vida, livre-arbítrio: em *Ateísmo & Liberdade*, assuntos fundamentais são postos à luz da razão, em uma tentativa de esclarecer algumas das mentiras e verdades que nos cercam. Polêmico, franco, revelador e ousado, *Ateísmo & Liberdade* é um convite à reflexão, ao livre-pensar e à busca por uma explicação racional e coerente sobre o homem e o mundo.

A exploração do subterrâneo, do tabu, da humanidade que preferimos esconder de nós mesmos: *O Vazio da Máquina* investiga alguns dos tópicos mais incômodos trazidos à luz pelo vazio da existência. O nada, o absurdo, a solidão, o sofrimento, o suicídio, a hipocrisia são alguns dos assuntos principais abordados ao longo da obra. Sabemos até onde podemos chegar com nosso conhecimento moderno — resta finalmente empregá-lo.

Este livro é uma tentativa de justificar a transição do ateísmo ao niilismo com base na ciência moderna. Nele é apresentada uma interpretação do niilismo (niilismo existencial) segundo a qual ele se segue de considerarmos as implicações de nossas principais descobertas científicas, bastando revisitar as questões existenciais clássicas à luz do conhecimento atual. Assim, a ideia é que, uma vez nos tornemos ateus, o niilismo segue-se.

Joe é um romance essencialmente introspectivo, no qual se tenta construir uma visão de mundo a partir dos olhos do personagem. A ideia que animou a produção desta obra foi ilustrar, não em teoria, mas no contexto da vida prática, toda aquela perplexidade que se apodera de nós quando voltamos nossos olhares ao mundo numa perspectiva, por assim dizer, "existencialista", e nos vemos tomados pela sensação do absurdo que é existir.

Insônia da Matéria é uma coleção de poemas escritos entre 2002 e 2007, correspondendo ao intervalo entre a redação de *Ateísmo & Liberdade* e *O Vazio da Máquina*. A atmosfera de perplexidade e de mal-estar que perpassa quase todos os poemas pode ser vista como um reflexo da angústia que se sente quando tentamos lidar com um problema que ainda nos escapa — como um fantasma que nos persegue, até que consigamos colocá-lo no papel.

ISBN 978-85-905558-5-8

9 788590 555858